Decepciones y Causalidades en Leeds

Corazones Entrelazados, Volume 3

Eli Key

Published by Eli Key, 2024.

This is a work of fiction. Similarities to real people, places, or events are entirely coincidental.

DECEPCIONES Y CAUSALIDADES EN LEEDS

First edition. March 16, 2024.

Copyright © 2024 Eli Key.

ISBN: 979-8224659647

Written by Eli Key.

Tabla de Contenido

A Dios por el talento otorgado (siempre) y a mi familia que me apoya en todo.

DECEPCIONES Y CAUSALIDADES EN LEEDS

Corazones Entrelazados 3

2

Eli Key

No hay mejor filtro para el amor que la lealtad. Una palabra casi extinta pero necesaria para alcanzar la felicidad.

Esta es una obra de ficción. Las similitudes con personas, lugares o eventos reales son totalmente coincidentes.

Contenido

PRÓLOGO

Hubo un sueño —si es que aún merece llamarse así—, que se enroscó a mi conciencia como una raíz hambrienta. Me visitaba, noche tras noche, obstinado, sin respeto por el alba ni por la tregua que concede el olvido. No era una fantasía piadosa ni un delirio amable, sino una revelación que traía consigo augurios de dicha.

En esas noches hablaba solo. No por locura —o no únicamente—, sino porque el silencio exigía ser roto. Cartografiaba mis emociones como quien traza un mapa sabiendo que jamás regresará de la travesía. Me sorprendía la claridad con la que nombraba mis ruinas.

Por ejemplo, la primera noche me hice un juramento; caminaría a ciegas y en silencio. No permitiría que la inquietud gobernara mis actos ni que el miedo me obligara a arrancar respuestas de aquello que todavía respiraba misterio. Seguiría las huellas. Nada más. Rastros mínimos, casi crueles en su delicadeza, dejados por ella —mi niña de los cerezos—, siempre esquiva, siempre a punto de desaparecer. Migajas sobre un sendero condenado. Polen dorado que el viento dispersa antes de que uno pueda recogerlo. Lluvia fría sobre una tierra que ya había olvidado cómo beber.

La verdad era simple, y por eso mismo terrible; yo estaba enamorado. No de una idea ni de una posibilidad, sino de ella. De la hondura de su mirada, de la curva peligrosa de su sonrisa. La amaba con una devoción que no conocía límites, desde la raíz secreta de su alma hasta la fiereza de su voluntad. Su voz se había incrustado en mi memoria como una melodía necesaria, una de esas que se odian y se necesitan al mismo tiempo.

Y yo la encontré, donde suelen esconderse las cosas condenadas: en un pliegue olvidado de la vida, entre sueños postergados y anhelos que ya nadie reclamaba. Y cuando la vi, lo supe. No con esperanza, sino con certeza.

Había encontrado un tesoro que no estaba destinado a mí, pero que, sin lugar a dudas, lo reclamaría como mío.

Ella se reveló en la mañana como una luz redimida, demasiado viva para ser inocente, demasiado real para ser segura. Su presencia era una brisa honesta que aliviaba, y al mismo tiempo, anunciaba tormentas. Y yo, fiel predecesor de lo inevitable, caí sin luchar. Su fuego me envolvió, me ató con hilos invisibles, y antes de comprenderlo ya éramos amantes; arquitectos de un mundo secreto, artistas de una mentira compartida que decidimos llamar verdad.

El mundo exterior dejó de importar. La distancia se volvió un concepto inútil. Y entre las grietas del vértigo y las preguntas, pude observar, que algo en ella, cargaba el mismo peso que yo llevaba dentro; esa pasión voraz por las palabras, por el amor dicho y escrito como si fuera lo último que uno haría antes de morir.

Su llama ardía en mí con la misma fiebre con la que ardieron las antorchas que guiaron a Filípides hacia la extenuación y la muerte.

Lett —mi niña de los cerezos—, me enseñó a amar. No con ternura, sino con crudeza. Me arrancó el cinismo como se arranca una placa de metal vieja, dejándome expuesto. Me enseñó a pronunciar un *te amo* sin ironía, sin armadura. Agradecí a Dios, por haber concedido semejante don a un hombre que solo quería llenar un vacío y desconocía el precio real del amor.

Pero el amor, como toda cosa viva, exige sangre.

Al inicio dudé. Me pregunté si no estaba perdiendo la razón. Porque, ¿Cómo confesar un amor así? Una mujer que durante el día era flor inmóvil, atrapada en una forma que no respiraba humanidad, y que solo por la noche reclamaba su derecho a existir. ¿Era una maldición? ¿Un hechizo antiguo mal ejecutado?

Y cuando yo insistía demasiado, cuando intentaba domesticar lo imposible, ella me silenciaba con dos dedos fríos sobre la boca.

—No preguntes. El destino se ofende cuando lo interrogas. Ámame aquí, en la sombra. Es el único lugar donde soy libre.

Aquello no trajo paz. Trajo vértigo, de nuevo. Y comprendí que caminaba por un oasis lleno de trampas, tanto fértil, como hermoso. Y aun así pronuncié la palabra que siempre había despreciado. *Te amo*. Y en mi boca dejó de ser promesa para convertirse en condena.

El despertar fue lento y cruel. Lett no habitaba mi mundo. Vivía al otro lado del tiempo, en una dimensión donde el día la borraba la esencia de las cosas, y la noche la devolvía incompleta.

Y mientras la vida seguía su marcha indiferente, nosotros aguardábamos el crepúsculo como los condenados cuando esperan la ejecución.

Muchas veces me pregunté si acaso todo eso, era una ilusión. Si me había enamorado de un reflejo. Si había proyectado mi hambre en el vacío, sin embargo, Lett era real. Amaba con la furia de una tormenta de invierno, y con una fe que no pide permiso.

Lo peor no fue amarla.

Fue saber que estaba condenada a vivir en los márgenes de mi tiempo.

Cerré el libro al atardecer. El cielo sangraba violeta y naranja. Leí aquellas líneas finales como quien lee una sentencia; *una joven atrapada por una magia primitiva, castigada por desear lo que no debía*. Dejé el volumen sobre la mesa. Mañana habría trabajo. Y los sueños, por muy bellos que sean, no pagan el hambre.

Y mucho después conocí a Stella. No era flor una diurna ni una sombra nocturna, pero en sus ojos, a veces, creí ver el mismo abismo. Y entonces comprendí; algunas historias no terminan. **Se reencarnan.**

Aquí cierro el prólogo. No por falta de palabras, sino porque algunas verdades, si se nombran del todo, pierden su filo.

CAPÍTULO 1

Aquel viernes por la noche, el aire se mantenía suspendido con una quietud casi reverencial, sobre la terraza.

Stella y yo habíamos pactado aquel encuentro como un refugio, una pausa necesaria en el vértigo de las semanas previas. Llevaba un vestido largo, de un gris que recordaba al acero bajo la luz de la luna, adornado con discretos motivos que evocaban las costas del Mediterráneo, sugiriendo olas y espumas lejanas. En su cuello, una gargantilla de oro sostenía la figura de un delfín, un pequeño tótem que descansaba sobre su piel. Sus brazos lucían brazaletes finos, hilos de oro y plata que tintineaban con un sonido casi imperceptible al menor de sus movimientos. Completaban su atuendo unos zapatos negros de tacón, flexibles y elegantes. Su cabello, con un corte galés que enmarcaba su rostro, caía con una precisión estudiada, otorgándole un aire de sofisticación que resultaba abrumador. Se mostraba espléndida, proyectando una sensualidad que no necesitaba de estridencias.

—John, ¿cómo me perciben tus ojos? —preguntó, con una mezcla de inseguridad y coquetería.

La observé, permitiendo que el silencio se alargara un instante más de lo necesario, saboreando la imagen.

—Tu presencia irradia una luz propia, Stella. Creo que mi corazón ha decidido volver a rendirse ante ti, como si fuese la primera vez.

—Estimado señor, ¿insinúa acaso que su afecto hacia mi persona presentaba signos de declive?

—En absoluto, mi vida. Se trató de un elogio. Te muestras tan encantadora que mi capacidad para articular frases coherentes se ve seriamente comprometida.

La muy pícara dejó escapar una sonrisa audaz, consciente de que había logrado desarmarme. El beso que siguió surgió con la frescura de un descubrimiento, bajo la influencia de una luz de ópalo iridiscente que parecía bañarnos solo a nosotros. Nos sumergimos en nuestro mundo particular, abstraído el uno en el otro, evocando aquellos primeros días en los que el tiempo carecía de significado y besarnos, constituía la única ocupación respetable. La noche se cernía sobre nosotros íntima, poderosa e indescifrable. Carecía de códigos o secretos; se sentía liviana, meciéndose impulsada por el parpadeo distante de las estrellas.

La cena transcurrió envuelta en una calma absoluta, una burbuja de cristal que nada parecía amenazar. Hasta que el teléfono sonó. El de ella. El ruido mecánico rasgó la atmósfera con una violencia inusitada. Stella decidió ignorarlo, con la esperanza de que el insistente reclamo cesara por agotamiento. Pero el timbre continuó, luego realizaba una pausa burlona, y al siguiente, reiniciaba su ciclo, taladrando la paz.

—Preciosa, tal vez deberías... —sugerí, sintiendo una punzada de incomodidad.

—No. Esta noche nos pertenece, y me niego a permitir que nada la interrumpa.

Sin embargo, el aparato insistió, convirtiéndose en un tercer comensal indeseado. Cogió el aparato con la intención de apagarlo, pero mi mano detuvo la suya.

—Contesta, no hay problema. Podría tratarse de algo importante.

El día actuó como mi conjuro y la noche sirvió de testigo: debí haber sepultado en el vacío más oscuro esa miserable intervención. Sin embargo, si ya estaba destinado a que sucediese, lo haría hoy o mañana, pero lo haría. Puerca tenacidad de ciertas cosas que no se pueden dejar atrás.

—Hola... —susurró ella.

Enseguida, su semblante sufrió una transformación inmediata; la luz abandonó sus ojos, reemplazada por una sombra de preocupación. Se incorporó con movimientos bruscos, ajenos a la elegancia que la caracterizaba minutos antes, y me pidió que esperara. Presurosa, se apartó de mi lado y su figura se desvaneció al bajar las escaleras, dejándome solo con los restos de una cena que, de pronto, parecía insípida.

Aguardé su regreso. Los minutos se estiraron, convirtiéndose en una tortura lenta. Media hora después, mi propio teléfono cobró vida. Al atender, la voz de Stella sonaba distante, apresurada. Mencionó una urgencia repentina, la necesidad imperiosa de marcharse, y prometió contactarme más tarde. Pregunté, indagué, supliqué por un motivo, pero solo obtuve evasivas y silencios. Como consecuencia, me sentí desorientado, envuelto en un desconcierto que se adhería a mi piel como una capa de polvo.

Permanecí sentado en la terraza, observando el horizonte donde las estrellas parecían mirarme con indiferencia. Un par de gatos callejeros reñían sobre el tejado contiguo, y sus maullidos se presentaba como la única banda sonora de mi soledad. Con los codos apoyados sobre la mesa y las manos entrelazadas, cavilaba acerca de la huida inesperada de Stella.

¿Qué fuerza oculta la había impulsado a marcharse sin siquiera despedirse en persona? Me recosté sobre el espaldar de la silla y estiré las piernas, sintiendo el peso de la noche sobre mis hombros. Bebí el resto del vino de mi copa, un líquido que ahora me sabía a vinagre. Me levanté con la intención de dormir, pero ni siquiera me molesté en apagar las velas. Si por caprichos del destino estallaba un incendio, en ese momento, poco me importaba. Me sentía confundido, molesto, traicionado por el silencio. Supuse que una ducha de agua fría actuaría como el remedio necesario para conciliar el sueño.

Grave error. Di vueltas en la cama, luchando contra sábanas que parecían cobrar vida para asfixiarme. Finalmente, me arrojé al suelo y realicé series de lagartijas hasta que el agotamiento físico logró lo que mi mente se negaba a conceder; la inconsciencia.

El día siguiente amaneció en calma, y yo con ansiedad, una frustrante ansiedad que me aferraba la garganta. Al no obtener respuesta, decidí contactar a sus padres. Sus palabras resultaron evasivas, cargadas de un tono que rozaba el enojo, como si mi llamada fuera una ofensa. ¿Qué demonios significaba aquello? De más está decir que presentarme en su casa para exigir respuestas no figuraba entre mis planes inmediatos; mi orgullo, aunque herido, aún conservaba cierto instinto de preservación. Intenté ubicar otros canales, amigos en común, conocidos. No obstante, todo esfuerzo resultó inútil. Durante días, no logré dar con su paradero, y el mundo entero parecía haber conspirado para mantenerme en la ignorancia.

Y cuando mis fuerzas comenzaron a flaquear, atando mis ánimos al suelo, recibí la llamada de una de sus amigas. Irene. Decía que deseaba hablar conmigo. Mi primera reacción se manifestó como una negativa rotunda; no deseaba más rodeos. Sin embargo, ella insistió con una determinación que rayaba en la súplica. Volví a rechazarla, pero continuó renuente. Terminé aceptando únicamente en el instante en que pronunció el nombre de Stella. ¡Más misterios para alimentar mi insomnio!

Irene, de unos veinticinco años, se presentó como una muchacha de ojos sencillos, de un color miel que inspiraba cierta confianza, con una mirada simpática y una sonrisa que intentaba ser amable, aunque la tensión tensaba su semblante. Su rostro de tez trigueña y sus cabellos ondulados del mismo tono que sus ojos le daban un aire juvenil, Su cuerpo denotaba una constante ejercitación. Vestía unos jeans oscuros, botas largas de cuero marrón y una camisa de seda bermeja. Su actitud, sin embargo, resultaba intrigante, cargada de una seriedad que no encajaba con su apariencia.

—Hola, John —saludó, manteniendo una distancia prudente—. ¿Cómo estás?

—Hola, Irene. ¿Cómo crees que me encuentro? —respondí, sin ocultar mi amargura—. Stella se esfumó sin brindarme explicación alguna. Y, al parecer, el mundo entero ha decidido negarme cualquier respuesta, como si existiera un pacto de silencio en mi contra. He acudido a todos, y solo me he topado con puertas cerradas.

—John, no deseo pecar de indiscreta, pero voy a confiarte un secreto. Stella se encuentra cuidando a su ex novio.

Una repentina neblina ocultó mis pensamientos, nublando mi entendimiento. No podía dar crédito a lo que acababa de escuchar. Se supone que la realidad debe mantener cierta lógica, una explicación causal, pero cuando uno recibe una noticia de tal calibre, no puede menos que atribuirlo a una insensatez cósmica.

—¡Qué demonios! ¿Hablas en serio?

—Sí, y sabes que no miento.

—Irene, no lo comprendo. ¿Puedes...?

—John, escúchame. Él la llamó. Pidió verla. Mario, que así se llama el sujeto, padece una enfermedad. Y si bien no reviste carácter terminal; en su angustia por su estado actual, sintió la necesidad imperiosa de tenerla a su lado. Mira, yo... no puedo ofrecerte una explicación de por qué las cosas funcionan de este modo. Sin embargo, la realidad se presenta así. Lo que te digo constituye la verdad. Y con total franqueza, únicamente puedo añadir que lo lamento.

—¿Por qué no me lo dijo ella misma?

—Quizás pensó que no lo entenderías. Sea como fuere, me pidió a mí, que viniera en su lugar.

—Por supuesto que no lo entiendo. ¡Es una completa locura! Resulta irracional y egoísta. No puede jurarme amor eterno un momento y al siguiente partir como alma en pena hacia el lecho de un exnovio. ¡Carece de sentido! ¡Es absurdo! En todo caso, ella debería habérmelo comunicado. No puede dar por sentadas las cosas, así como así; tendría que haber depositado en mí la confianza necesaria. No arrojarme una bomba a distancia y, ¡bam!, date por enterado, esto es lo que hay, y listo, se acabó. ¿Qué clase de porquería patológica es esa?

—Bueno, eso abarca todo cuanto puedo informarte. Supongo que en algún momento ella te lo explicará. Entiendo tu frustración y tu enfado. Y todo lo que pudieras sentir en torno a esta situación. Pero mis manos están atadas. Lo que quieras saber, deberás preguntárselo a ella. Lo siento, John. Stella no se atrevió a enfrentarte y decidió que este camino resultaría mejor. Debo irme.

—¿Así, sin más?

—¿Qué más deseas que te diga? Asúmelo, no te queda otra alternativa. Al parecer, todavía mantienen algún vínculo, y vaya uno a saber cómo concluirá todo esto. No puedo decirte más. Lo siento.

—¿Que lo sientes? Sí, claro, cómo no.

—John, no...

—Como dijiste, no puedes decirme más.

Le di la espalda y me alejé. Un extraño murmullo venenoso se conformó en mi interior, una mezcla de celos, impotencia y desdén. ¿Qué le ocurría a esa mujer? ¿Por qué me trataba de esa forma, como si yo fuera un objeto desechable? El punto en cuestión, curiosamente, no me importaba tanto como el hecho de la ocultación, y de la traición a la confianza.

Bendita vida, qué encrucijada tan exquisita en la que me encontraba. ¿Hacia dónde debía dirigir mis pasos ahora? ¿Qué acciones debía tomar frente a este desafío ridículo y estúpido?

Enfundé mis manos en los bolsillos y caminé sin rumbo por un tiempo que no supe medir. Luego, me subí a mi Pontiac Oldsmobile negro y me lancé a la carretera, buscando en la velocidad, un alivio que no llegaba. El día a mi alrededor se transformó en tarde, y esta, inevitablemente, cedió paso a la noche. ¿Quién desea contemplar un atardecer cuando los sentimientos se agolpan como un compendio crítico de incertidumbres, y uno se siente poco menos que basura amontonada lista para la recolección?

Me detuve en las afueras de Haworth, respirando con agitación. Solo entonces, al ver el letrero bajo la luz de los faros, caí en la cuenta de mi ubicación. ¿Cómo rayos, había llegado tan lejos desde Leeds?

Estacioné el vehículo y comencé a caminar de nuevo, ensimismado en mis pensamientos, abstraído en las horas que ya carecían de importancia.

—Disculpe, señor —escuché entonces a mis espaldas.

Me giré para descubrir el origen de la voz. Delante de mí se hallaba una mujer de apariencia agradable, con una mirada dulce y unos ojos risueños, expresivos y encantadores, de un color castaño profundo. Su nariz griega y sus labios sencillos y llenos, armonizaban en un rostro anguloso. Llevaba el cabello recogido, del mismo tono que sus ojos. Su tez blanca mostraba pequeños retoques rosados en las mejillas, producto quizás del frío. Vestía un vestido de seda negro que le llegaba hasta las rodillas, botas de cuero con tacones y una chaqueta de cuero gris forrada en su interior con piel. Tal silueta, surgida de la nada —al menos en lo que a mí respectaba—, me observaba como si yo, con toda seguridad, poseyera la llave de la ayuda que necesitaba.

—¿Sí...?

—¿Usted conoce este lugar? ¿Pertenece aquí?

—Eh... sí; es decir, conozco Haworth. ¿En qué puedo servirle?

—¿Un lugar donde pasar la noche? ¿Un albergue u hotel, por favor?

—Venga, la acompañaré. Conozco uno que le sentará bien.

—Gracias —y se giró para recoger una mochila de cuero gamuzado y un bolso de mano.

En un impulso de caballerosidad casi automática, me adelanté para ayudarla con la carga. Cruel vasallo del destino, ¿hacia dónde me indicas que vaya en esta solitaria noche donde mi alma yace sofocada en preguntas sin respuestas?

—¿En qué viaja?

—En autobús. Pero, por desgracia para mí, dicho vehículo sufrió la pinchadura de dos de sus neumáticos y no habrá arreglo hasta mañana. Debía regresar a Leeds para presentar un proyecto. Pero ya lo ve. Las cosas no han resultado como una se lo esperaba. En fin. Asuntos de la vida.

—Despreocúpese, mañana podrá continuar.

—Eso espero.

Ninguno añadió nada más. Mejor así; no me hallaba en mi momento óptimo para sostener una conversación social. Ella se mantuvo impasible, caminando a mi lado con un ritmo constante. Y de esa manera, llegamos al hotel. Vi las singulares bujías, unos bombillos clásicos que a la dueña le agradaba colocar en uno de los perfiles de la construcción, situados en la esquina frontal del edificio, otorgándole un aspecto acogedor y antiguo.

—Ese es —indiqué, señalando la entrada—. El Madison Scarlett, un santuario para damas en apuros.

Ella se detuvo en seco y me miró con seriedad.

—Señor, se encuentra usted equivocado. No estoy en apuros, y a juzgar por el modo en que lo encontré, usted es quien parece estarlo.

Su voz resonó tan firme como el eco de un mandato antiquísimo, carente de titubeos. Me apresuré a disculparme, sintiéndome repentinamente pequeño.

—Le ruego perdone mi atrevida aseveración.

—No se excuse, señor. Se encuentra usted en el umbral de un dilema y puede que no esté al tanto de lo que dice.

—¿Qué quiere decir?

Se giró completamente hacia mí, y recién entonces advertí la radiante expresión vívida de su terso rostro, impreso en una franqueza pura y dura.

—Usted, señor, ha perdido el control de sus emociones —dijo con una firmeza clínica—; y en mi carácter de persona de pensamiento observador, y dejando en claro que no lo conozco, ni usted a mí, eso constituye todo cuanto le diré... Por favor, si me disculpa, me las arreglaré desde aquí.

—Está bien... —murmuré. ¿Qué más podía decir ante tal diagnóstico?

—Mi bolso, señor. Y créame que le agradezco su atención para conmigo.

Extendió su mano, insistiendo en que le devolviera sus pertenencias. Un amable "gracias" fue todo lo que obtuve por mi condecorada acción caballeresca. Vamos, John, la dama te ha tratado con la más exigua cortesía, con una elegancia que doblaría hasta el metal más duro.

—Soy John, y de nuevo me disculpo.

—Oh, ni por un segundo piense que entregaré mi nombre a un incauto viajero de la vida.

—Pero...

Eso fue todo. La exquisita señorita tomó sus cosas y se encaminó sola al interior del edificio con la elegancia de una heredera al trono, majestuosa y dueña de un porte hermoso; delicada, fresca como el suave roce con un pimpollo de no-me-olvides. ¿Y su perfume? Por supuesto que no lo olvidaré; una fragancia penetrante, encantadora, que quedó flotando en el aire frío. ¿Estaría yo tan sensible que todo se me pegaba?

Coloqué las manos en la cintura y suspiré, pensando inevitablemente en Stella. Sería mejor retornar a Leeds. No había nada que hacer por allí.

Siguiendo el hilo de la noche, esta me atrapó de nuevo en la carretera, pensando en la misteriosa y ruda dama inglesa que, hasta hacía unos pocos minutos, había tenido la oportunidad de conocer. ¿Dije ruda? ¡Exigente constituía la definición correcta!

¡Un momento! ¿Qué era aquello? ¿Una persona haciendo autostop? ¿A estas horas y en este páramo? Al principio, tuve la mera percepción de que se trataría de algún desdichado aldeano intentando llegar a su hogar, otra víctima del autobús averiado. Me equivoqué. Una adolescente, con el aliento apremiado por algún tipo de situación que ignoraba, me hizo señas frenéticas para que me detuviera. Mi instinto me gritaba que parara, pero mi estado anímico se mostraba renuente a escuchar. Mi instinto pudo más. O puede que fuera ese oscuro llamado distante de ayudar, que algunos hombres solemos portar como llama distintiva de nuestra peculiar alma de caballero andante. O quizás, una simple y llana curiosidad.

—Hola, gracias por detenerte —se escuchó en una voz dulce y simpática—. Soy Dennise, y mi hermano y yo, necesitamos algo de ayuda, ¿por favor?

—Sí, ¿qué sucede?

La adorable quinceañera, junto a su hermano, se hallaba en una difícil y precaria cuestión. Su auto se negaba a arrancar. Dicha pareja se había detenido para fotografiar los alrededores, disfrutando de la notable belleza que brindaban los extensos campos y páramos de la región bajo la luz crepuscular. Y para cuando llegó el momento de proseguir su camino, el vehículo permaneció mudo.

Aclarada la situación, nos encaminamos en pos de su hermano. Dennise coincidía con el aspecto de una inteligente muchacha de ademanes juveniles y risueños. De ojos grises, suaves mejillas, nariz y boca acordes a un rostro lleno de vida; cabellos recogidos y rojizos; alta y jovial. Vestía unos pantalones estilo bermudas y unas botas cortas de color negro. En cuanto a su hermano, un atlético muchacho de mirada cordial, me saludó agradecido por el interés de ayudarlos.

—Hola, soy Austin, gracias por detenerse.

—John, no hay de qué. ¿Cuál es el problema?

Después de la explicación técnica, conseguí un par de herramientas y una que otra cosa que siempre cargaba en mi carro por precaución. Tras analizar los pormenores del impecable motor, llegué a una conclusión simple. Quizás debido a un golpe, producto de algún roce en la orilla del camino, tal vez una piedra traicionera, se había originado el desperfecto. No me llevó mucho dar con el pequeño desarreglo. Unos ajustes más tarde, el problema se solucionó.

—Muy bien, chicos, con esto podrán llegar hasta...

—Haworth —dijo la niña—. Debemos encontrarnos con mi hermana para ser precisos.

—De acuerdo, nos vemos entonces.

Ya me marchaba, dispuesto a retomar mi soledad, cuando Dennise me llamó.

—¡John, espere por favor!

—¿Sí?

—¿Nos acompañaría?

El pedido no encerraba obligación, pero sí una súplica velada. Los contemplé sonrientes.

—Pues...

—A decir verdad, es la primera vez que venimos a Haworth y...

—Lo que ella quiere decir —intervino su hermano— es que no conocemos a nadie. Y nos resultaría de mucha ayuda si pudiera acompañarnos hasta que demos con mi hermana.

—Entiendo.

—¿Lo hará? ¿Vendrá con nosotros?

Los ojos de la rescatada damisela brillaron al igual que dos cándidos destellos en la oscuridad.

—Sí, iré con ustedes.

No me explico la alegría que ciertas personas como Dennise pueden expresar por un desconocido. Me sentí extrañamente honrado por tal muestra de afecto. Quién sabe, tal vez no resultaba ser tan desagradable como me sentía.

Una hora más tarde, llegábamos al entrañable sitio, impreso en historias, anécdotas y romances literarios. Bueno, tal vez para algunos, porque en lo personal, yo me sentía como un inquilino de medio tiempo que no encajaba para nada con el ambiente mencionado, simplemente estaba ahí por el fortuito caso de una casualidad impredecible.

—¿Puedo preguntar cómo es dicha mujer? —inquirí curioso.

—Sí, claro, aquí tengo una fotografía suya —respondió Dennise, sacando su teléfono.

¿Saben? El mundo se manifiesta como un lugar espontáneo, a veces imposible, inconstante, y muda de piel como los reptiles, e incluso manifiesta algunos desórdenes que, en reiteradas ocasiones, resultan ser simples síntomas de un desbalance homogéneo. ¿Olvidé mencionar: imprevisto y sorprendente? Adivinen, ¿cuál resultó ser la hermana que aparecía en la fotografía? Pues nada menos que la elegante y recia dama que había acompañado hasta la posada. Y aquí me detengo. ¿Cuáles son las probabilidades de que algo así ocurra? Porque, desde ese fugaz episodio que compartí con la estimada dama victoriana, a tener que encontrarme de nuevo con ella. Sostengo que el eje del destino se había torcido un tanto a la izquierda aquella noche. Por supuesto, las coincidencias pueblan este mundo. Así que, ¿por qué no?

—¿Qué me dirían si les comentara que conozco a su gentil y aguda hermana?

Sus expresiones movilizaron un mundo de gestos y curiosos ademanes propios de la complicidad fraterna.

—¿Lo dice en serio? —dijo Dennise.

—Oh, sí, jóvenes amantes de la naturaleza. Ocurrió esta misma tarde.

Les relaté mi encuentro con dicha noble de la corte parisina, omitiendo, por supuesto, la parte en la que ella me analizaba psicológicamente en la acera. Dennise sonrió, señalando con su dedo índice hacia mí.

—Sabía que no me equivocaba con usted. Descontando que no sabríamos cómo dar con ella.

—Dennise, tenemos su número —señaló su pragmático hermano.

—Oh, sí, eso también. Pero no viene al caso.

—¿Por qué has dicho que no te equivocabas conmigo? —intervine, genuinamente curioso.

—Llámelo intuición femenina.

—¿Intuición femenina? Muy bien, no me meteré con eso.

El gesto de la muchacha se volvió todavía más secreto, como si guardara un conocimiento antiguo.

Las horas me acompañaron de regreso hasta el hotel donde la tan ansiada joven de ojos grandes se hospedaba.

«Menuda sorpresa se llevará al verme de nuevo.»

Dennise y Austin se adentraron al sitio. Decidí permanecer afuera, apoyado en mi coche. Si no fuera tan cortés, me habría largado en ese mismo instante. Pero insistieron en que los esperara, y eso fue lo que hice. Además de que percibía a la curiosidad flotando a mi alrededor como una niebla densa.

Transcurrieron varios minutos hasta que mi nueva amiga reapareció con una gran sonrisa. Detrás suyo, una radiante expositora de la sobriedad y maniquí de la gracilidad y el autocontrol avanzaba con elegancia.

—De verdad —me dije por lo bajo—. ¿Qué es lo que hago aquí?

—Señor John, piense en lo asombrada que me siento al verlo una vez más —dijo, deteniéndose a unos pasos de mí—. Y, ¡cuán gratificante resulta para mi persona saber que mis hermanos más pequeños han contado con su ayuda en tan oportuno momento!

Los misteriosos ojos castaños, decididos y expresivos, me vieron con interés renovado. Permanecí atento, y si pudiera señalar un motivo, sospecho que diría sin temor a equivocarme que estaba cansado y necesitaba algo de respiro. Cualquier cosa que me desintoxicara de esos compulsivos pensamientos que rondaban por mi mente como buitres.

Mi bendita y tenaz señora —un atrevimiento de parte mía, en caso de que me escuchara llamarla de esa forma— me vio con gentileza. El estudio que dedicó a mi persona inquietó el entorno apacible en el que me encontraba.

—No ha sido nada, hice lo que cualquier ciudadano decente en mi lugar hubiera hecho.

Tampoco cabían los significados para un encuentro como el que había sostenido horas antes con la magnífica dama que, sin temor alguno, había solicitado mi ayuda sin el más mínimo temblor. Yo, en cambio, tiritaba por dentro y por fuera. ¿Por qué? Puede que fueran los nervios o la tensión de mi experiencia con Stella. La falta de alimentos y el no descansar lo suficiente. No lo sabía. De todos modos, mi vida se encontraba a esas alturas en un punto intermedio, varada en medio de una zona nebulosa.

—Estaba a punto de cenar —dijo con un suave acento continental que no había notado antes—. ¿Le importaría acompañarnos?

—Pues...

Mi duda influyó en su determinación.

—Está dicho entonces —afirmó, consciente de estar siendo irresoluta.

—Está bien, espero no molestar —dije, sacando a relucir el viejo cliché de la disculpa.

—Déjese de tonterías, estaremos bien, no se preocupe. Venga.

La noche cubría la región con moderadas corrientes oscilatorias, invitando en los confusos presagios que se alzaban sobre todos a un merecido descanso, a ese preciso instante donde es tiempo de hacer una obligada pausa.

La agraciada anfitriona se dispuso a celebrar la llegada de sus hermanos. Y durante el camino de atención hacia ellos, se detenía y, con una cortesía que influía de manera positiva hacia mí, me hacía preguntas. No muy personales, por supuesto, solo aquellas acreditadas a mi estadía en Haworth. De mi parte, embebido de un "ya que estoy aquí", correspondía a su empatía, con detalles sin importancia. De esa forma, entre diálogo y diálogo, promediando las ocho de la noche, nos sentamos a la mesa del restaurante del hotel.

—No nos presentamos como almas solitarias, señor John —dijo de repente, mientras servía la cena con movimientos precisos.

—¿Disculpe?

—Se nota que algo lo aqueja. No sé qué es, tampoco pretendo que me lo diga, solo espero que entienda lo siguiente. Así como usted me ayudó, y al mismo tiempo lo hizo con mis hermanos, confíe en que también obtendrá su respuesta. La vida da su retribución a quienes obran con criterio y buena voluntad.

—Tiene usted toda la razón —dije asintiendo, sorprendido por su perspicacia—. Se trata de un dilema que me llena de aprehensión. Gracias por brindarme sus pensamientos. Lo tomaré como un consejo y me esforzaré por retenerlo.

—¡Ahora, deténgase ahí, caballero! —exclamó, alzando una mano—. Porque no le he obsequiado a usted mis pensamientos, ni a nadie se los doy — ¿Y ahora qué pasó? —. Entienda usted bien esto; ni mi mente ni mi corazón son prendas indispensables de nadie. Si acaso algo he dejado en su recado, han sido mis palabras. ¡Nada más que eso!

Y se regresó a la cocina del restaurante —aparentemente tenía confianza con el personal—, sin prisa, y con la absoluta calma de quien sabe dónde está parado. Permanecí inmóvil, como lo haría cualquier cervatillo que acaba de cruzar la mirada con una impasible leona.

«¡Ya, en serio! ¿Qué rayos hago aquí...?»

La informal velada dio comienzo. Sin embargo, si piensan que me sentía incómodo, no fue más que un ligero nerviosismo, inquieto y pasajero. Algo que, con rapidez y con el correr de los momentos, se fue transformando en un síntoma lejano. De alguna manera, sentía que me encontraba entre amigos, y así es como lo resumiré. Cómodo y relajado, una sensación que no había experimentado en días.

Más tarde, tras disfrutar de una saludable cena en conjunto con una buena conversación, salimos hacia un pequeño balcón que daba a la calle principal. Allí, mi anfitriona y yo continuamos en una reunión amena y provista de una placentera plática. Los chicos, algo agotados por el viaje y la emoción, se retiraron a dormir, dejándonos a... —curioso, aún no sabía su nombre—, y a este vástago de la vida completamente solos.

—Se presenta como una bonita noche, ¿no lo cree? —dije por lo bajo, observando el vaho de mi aliento. Ella no respondió, al menos por unos segundos. Finalmente, habló.

—Christie.

—¿Disculpe?

—Mi nombre es Christie.

—Oh, claro. Quiero decir... resulta ser un bello nombre.

—Gracias, John. ¿Puedo preguntarle algo? —dijo, volteando a verme.

—Por supuesto, adelante.

—¿Ha perdido usted a alguien?

Directo y sin escalas. Sentí un golpe seco en el pecho.

—Ah —carraspeé, buscando tiempo—. Perdón...; pues, en cierto modo... sí.

—No, John, me he explicado mal. A lo que me refiero es a si ha roto con alguien.

¿Hacia dónde se encaminaría todo esto?

—Sí, y ha resultado difícil. No mucho, pero lo ha sido.

Me sorprendió la respuesta que brindé. No me la esperaba, o tal vez sí, y solo deseaba que alguien me lo preguntara en algún momento para poder decirlo en voz alta. Dejé que el agua siguiera su curso.

—Lamento haber preguntado —añadió comprensiva, y suavizando su tono—. No es que haya pecado de curiosa. Se debe a la forma en como lo vi.

—¿Cómo dice?

—Parecía desorientado. Como si no supiera dónde se hallaba. Lo noté perdido, deambulando en las sombras de su propia existencia.

«No se equivoca al señalarlo. Perdido en lo más profundo de un demente acto de desprecio insensible, es como me encontró.»

—¿El punto es...?

—¿Puedo preguntar qué hacía usted aquí, en Haworth?

Una interlocutora impredecible, si puedo agregar. Un poco metiche, pero no me importaba. Aunque se podía notar que no constituía la típica mujer de clase chismosa. Su curiosidad, simple y locuaz, giraba en torno a la respuesta de un porqué, y exactamente eso fue lo que me propuse proporcionar. La densa cerrazón, cómplice de los enredos del hombre y su verdad, prosiguió con lentitud.

—Necesitaba aclarar mis ideas. Subí a mi carro y conduje sin destino; y entre un desvío y otro, terminé en este lugar. Sin rumbo. Llevado por el viento de las circunstancias, y por un desaire amoroso que no termino de comprender todavía. Algo que me dejó magullado por dentro y fuera de órbita, si cabe la descripción...

Hice una pausa y pensé en decirle que no deseaba hablar de mi pena, pero, ¡oh, asombro siniestro y práctico! La lógica invadió mi renuencia de no hablar acerca de mi prometida. Y me empujó contra la cornisa de la duda, obligándome a que sí lo hiciera. Si acaso había estado buscando por todas partes, inquiriendo en todos respecto a ella, y nadie había sabido responderme, ¿por qué no liberarme de este mal síntoma con alguien que sí parecía querer escuchar? Qué importaba si se trataba de una desconocida.

Me aclaré la garganta y, tras tomar una bocanada de aire frío, en un tono de resignación, le narré parte de mi historia con Stella. Christie me escuchó con suma atención, sin interrumpir, como si evaluara cada palabra. Hacia el final de mi relato, no quise deprimirla con mi fracaso amoroso y opté por dar algunas indicaciones que mostraban el ejemplo de un interrogante sin respuestas, como si se tratase de un evento inconcluso, parte del proceso de la vida y demás.

—Ni ella ni sus familiares quisieron darme algún tipo de información —concluí, sintiendo el peso de esas palabras—. Por lo tanto, después de desandar de aquí para allá, terminé por dejarlo. Fue así que, yendo hacia cualquier parte, me encontré desandando los corredores de esta ciudad empotrada en la época victoriana.

Hice otra pausa por mero compromiso y permanecí viendo hacia las luces de la región que parpadeaban en el valle. El pequeño balcón resultaba ser un buen lugar para estos tipos de charlas confesionales. Mi anfitriona me vio por un instante y respondió.

—Se muestra coherente y absolutamente entendible su situación. Agradezco que me narrara su historia, a pesar de que no nos conocemos lo suficiente. De mi parte, carezco del sentido de la impertinencia para juzgar los actos de alguien a quien no conozco, tal y como se presenta el caso de su prometida, ¡tampoco lo haría si pudiera! Por favor, entienda lo que quiero decir. Nadie está en condiciones de hacerlo. Porque, tanto usted como yo, quizá en mi caso mucho más, no debemos arrojar juicios anticipados. Además, desconozco la razón de por qué nos hablamos. No existe nada que nos involucre a ninguno de los dos. A pesar de ello, hoy lo encontré vagando en las sombras de un sendero. Y más tarde, usted hizo lo mismo con mis hermanos. Por último, hemos compartido una cena. Lo cual nos lleva a lo siguiente; nos vemos incursionando en algo relativamente social.

—Me temo que no la entiendo —dije, confundido por su lógica circular.

—No lo dudo; dado que usted se encuentra en un abismo del cual no desea salir hasta hallar las respuestas que está buscando. Por lo cual, y el punto al que quiero llegar es al siguiente; me permití escucharlo para que se desahogara. Lo cual hizo. Ahora, y en un ulterior motivo, fue en agradecimiento por haber ayudado a Dennise y Austen. No obstante, John, déjeme decirle con sumo respeto que usted está a la caza de algo, pero el asunto es, ¿qué? ¿Qué es lo que busca? ¿Comprende lo que quiero decir? —me vi aturdido y sumido en una especie de terapia improvisada. O sea, por unos momentos, dejé de ver a Christie y solo vi un fondo oscuro y sin salida—. Se lo diré de otra forma. Si no se dispone a aceptar los hechos que se le pudieran presentar de forma inevitable, y admitir que eso constituye todo, que no hay nada más y que el asunto se ha terminado, usted nunca estará conforme. Y no importará si las evidencias de su dilema se presentan a la vista o no. Usted no desistirá y continuará progresivamente, hasta que, al llegar al final del camino, se topará con una realidad que no querrá aceptar y que, sin duda alguna, actuará como la prueba fehaciente de que lo que está buscando es algo que no puede ni podrá cambiar. En una palabra; ella se ha ido, sin probabilidades de regresar. No me pregunte cómo lo sé. Llámelo intuición femenina.

De nuevo esa palabra que descuelga todos los paradigmas del hombre y los vuelve obsoletos. Luego de que terminara de hablar, esperé antes de responder. A decir verdad, me hallaba atrapado en una especie de súbita paradoja de la que no sabía mucho.

—¿Está diciendo que me resigne a perderla para siempre?

—Nuestra conversación terminó, señor John —dijo levantándose despacio, con esa finalidad que la caracterizaba—. Gracias de nuevo por todo. Tenga un buen regreso a su hogar. Y lamento lo ocurrido en su vida personal. Constituye una triste realidad que solo usted deberá afrontar.

—¡Por favor! No se vaya —expresé en un acto impulsivo, casi desesperado. Se detuvo y me miró con detenimiento—. Por favor. Y, no, no me malinterprete. Yo agradezco que me haya escuchado, es solo que... todo esto ha resultado ser un problema fuera de lo común, si me entiende.

—Por supuesto que entiendo su posición, John. Sin mencionar el hecho de que no puedo emitir ningún consejo hacia usted, nada más que el amable oído de escucharlo y de, si acaso, como acabo de hacer, proporcionarle un comentario a modo de sugerencia.

—Sí, lo comprendo. Y le agradezco el tiempo que me brindó.

—Mañana continuaré mi viaje. Sepa disculparme, me encuentro cansada.

—Sí, sí, me iré ahora. Gracias por la cena y el momento.

—No tiene por qué. Sea prudente en su regreso.

—Así será. Buenas noches, Christie.

—Buenas noches, John.

«Cielos, qué mundo el mío», pensé mientras me alejaba del hotel. Y durante mi retorno, me reproché una y otra vez el haberme cruzado con Christie. Porque a ciencia cierta, no creo que me haya servido de mucho. Excepto la de dejarme aconsejar por una completa extraña, diciéndome que debía olvidar a Stella. Que no hallaría ninguna respuesta que me favoreciera. Y en todo caso, eso, ¡hasta puede que resultara verdad! Una jodida verdad de la que no podía escapar. No lo sé. Me sentía hastiado y fastidiado por la vida.

—Más me habría sido útil indicarle la dirección del hotel que acompañarla hasta el lugar —masculleé, golpeando el volante—. ¡Impulsivo enclenque! Me bastó ver un rostro apremiado para que saliera corriendo en su auxilio, ¡puerco infeliz mediocre! No puedo creerlo, ¿por qué me dejaré llevar por la estúpida idea de que siempre puedo ayudar a una mujer en apuros? Tampoco sé qué carajos quiero decir con esto. Estoy diciendo cualquier cosa. Es igual, ya no importa. Solo quiero regresar, ducharme, comer algo y dormir. ¡Al carajo con mi trabajo! Mañana renunciaré y me dedicaré a escribir. Dispongo de unos ahorros que me servirán durante al menos un tiempo, hasta que logre publicar mi libro. ¡Sí, eso es lo que haré!

Encendí el estéreo y, tras sintonizar una de mis estaciones de radio favoritas, comencé a cantar las melodías que conocía, y lo hice a los gritos, como todo un loco de atar, dejando que la música llenara el vacío que Stella había dejado.

Un par de horas más tarde, me encontraba en mi hogar, determinado a cambiar el tipo de vida que llevaba hasta el momento. Deseaba olvidar cuanto antes todo lo relacionado con Stella y, en el santo y querido proceso, aceptar las respuestas que pudieran surgir. En una palabra, habría de tomarlo con más calma; es decir, no actuaba como un adolescente que camina detrás de un juvenil rechazo como si se tratase del fin del mundo. Quizás el encuentro con la aguda cortesana inglesa tuvo algo que ver con mi decisión. Vaya uno a saber. ¡Porquería de vida miserable!

Cerca de las dos de la madrugada, me fui a dormir. No me llevó mucho atravesar el umbral de la consciencia. Hasta que lentamente fui cayendo en ese oasis de sueños y otras yerbas, donde, por fin, todo parecía tener sentido.

El silencio en la casa se estableció como una presencia física, un compañero que no exigía respuestas ni gestos de cortesía. Durante los días que siguieron, el mundo exterior quedó reducido a lo que alcanzaba a divisar por la ventana de la cocina o al eco del televisor en la sala vacía. Tomé la determinación de permanecer resguardado, encontrando en las paredes de mi hogar un refugio contra la abrasiva cercanía de los demás. Escribía algunas líneas que luego tachaba con furia. Entrenaba en la cochera hasta que el sudor nublaba mi vista y pedía comida rápida que consumía sin saborear, frente a la luz azulada de la pantalla. La humanidad, con sus conflictos estridentes y sus demandas inagotables, se mantenía al margen, y yo agradecía esa distancia que funcionaba como un bálsamo para mis nervios desgastados.

Las jornadas se sucedían con una monotonía que resultaba casi reconfortante. Las semanas perdían su nombre, transformándose en un flujo continuo de luz y sombra sobre el papel tapiz. Sin embargo, la quietud comenzó a pesar, manifestándose como una inquietud en la boca del estómago. Debía buscar empleo; cualquier labor, y por insignificante que pareciera, serviría para anclarme de nuevo a la realidad. Me conformaba con un puesto de medio tiempo, algo que me obligara a salir de mi ensimismamiento. Leeds, con su bullicio constante y el rumor metálico del tráfico, ejercía un efecto paradójico en mí; el caos de la ciudad calmaba mi ansiedad, dándome la sensación de que mi propio desorden interno se perdía entre la multitud.

—¡John!

La voz surgió de entre la bruma matutina, nítida y cargada de una familiaridad que no esperaba encontrar a esas horas. Me detuve sintiendo un leve escalofrío. Reconocía ese tono, aunque mi mente se resistía a identificarlo de inmediato. Al girar el rostro, la vi. Irene se encontraba allí, a pocos pasos, desafiando mi soledad con su sola presencia.

—¿Irene?

Lucía una pulcritud que contrastaba con el desaliño de mis pensamientos. Sus jeans negros se ajustaban a su figura con una precisión que denotaba cuidado, y la camisa de seda blanca relucía bajo la luz pálida de la mañana. Se sostenía sobre unos zapatos de tacón alto que le conferían un aire de autoridad inmerecida. Pero lo que más me golpeó se manifestó como una ráfaga de su perfume; una fragancia que se adhería a la memoria con la tenacidad de un recuerdo de infancia. Una esencia fina, exquisita, que parecía envolver el alma y forzarla a prestar atención. Había que reconocer que aquella mujer, poseedora de una mirada gélida y una franqueza que, a menudo hería, desprendía una estela sensual y memorable.

—¡Hola! Mira, deseo disculparme por lo de aquella vez. Me mostré en extremo dura, rozando la insensibilidad. No debí haberme comportado de esa forma tan...

—¿Directa y agresiva?

—John, lo siento de verdad. No alcanzo a comprender qué me impulsó a actuar así; tú no te lo merecías.

—No te preocupes, Irene. De todas formas, aquello ya carece de importancia.

—No, John, hablo en serio. Resulté imprudente. Escucha, ¿podemos vernos por la tarde? Necesito hablar contigo.

—Está bien. ¿Dónde quieres que nos encontremos?

—En el puesto de comida frente a mi trabajo, a las siete. ¿Te parece bien?

—Allí estaré.

La vi alejarse y sentí que el resto de la mañana adquiría un matiz distinto. Mi ánimo, antes sombrío, presentaba ahora una relajación cautelosa. Quizás ella tuviera novedades de Stella; y la sola mención de ese nombre en mi mente, provocaba un vuelco doloroso. Caminé por las calles de Leeds hasta que mis piernas protestaron, buscando en el cansancio una tregua para mi intelecto. Al regresar a casa, me entregué a una rutina de ejercicios exhaustiva, buscando agotar cualquier rastro de agitación. Tras una ducha rápida y una comida frugal, me desplomé en el sillón. El sueño me reclamó de inmediato, hundiéndome en un vacío sin imágenes.

El centro de comida rápida no se asemejaba a los locales ruidosos y brillantes a los que estaba acostumbrado. Su estructura presentaba la apariencia de un pequeño restaurante, sencillo y acogedor, resguardado por muebles de un estilo inglés clásico que conferían al lugar, una dignidad inesperada. La madera oscura y el tapizado gastado evocaban viejas y elegantes costumbres, creando una atmósfera de calidez bajo la luz tenue. El sitio me agradó; había algo en su modestia que me hacía sentir menos expuesto. Y mientras esperaba la llegada de Irene, repasé mentalmente el agitado itinerario de las últimas semanas, esa búsqueda infructuosa de trabajo que solo me había dejado una sensación de vacío.

«¡Inútil marinero de aguas dulces!», me recriminé en silencio. Me preguntaba qué embarcación estaría dispuesta a aceptarme entre su tripulación, aunque solo fuera para cumplir con la bestial tarea de un grumete. ¿Una dorna, tal vez? No, resultaba demasiado pequeña, un espacio donde la intimidad se volvía claustrofóbica. Además, las detestaba. Guardaba en el fondo de mi memoria una experiencia agria con una mujer a bordo de una de esas barcas; ella y otros dos que siempre navegaban juntos, como una trinidad de engaños. ¡Bah! No venía al caso remover esas aguas. Eran rameras del destino, locas barracudas que se habían alzado con todo mi dinero mientras yo, como un imbécil, se lo entregaba en bandeja de plata. Y por tal motivo, no tenía importancia ahora; solo representaban sombras en un pasado que ya no podía tocarme.

Irene apareció media hora más tarde. Cargaba varios papeles y una carpeta negra que parecía pesarle en los brazos. La saludé con un gesto breve, observando cómo se acomodaba frente a mí.

—Oh, no tienes idea —dijo, soplando un mechón de cabello que caía sobre sus ojos— del tipo de día que he tenido. Tú, ¿cómo estás?

—Intrigado por tu invitación.

—Sí, en cuanto a eso... —hizo una pausa, y su rostro adoptó una expresión de gravedad—. Verás, todo me tomó por sorpresa. Stella me llamó en aquella oportunidad y me comentó lo que estaba ocurriendo. Yo, a decir verdad, no supe qué hacer ni qué decir. La situación prácticamente me paralizó; ya lo comprenderás dentro de poco.

Irene no se manifestaba como la clase de chica que se toma las cosas a la ligera. Su postura siempre se mostraba sólida, marcada por una franqueza que no admitía matices. Supuse que ese rasgo constituía una herencia de sus años en el bufete de abogados Smith & Asociados en Boston, un entorno que ella describía como un parque de tiburones. Aquel lugar le había servido de campo de batalla antes de regresar a Leeds, donde ahora se dedicaba a llevar los registros contables de un estudio jurídico mucho más apacible.

—No hay problema —dije, tratando de ocultar mi impaciencia—. ¿Por qué deseabas verme?

—Porque yo salía con Mario.

—¿Mario?

—¡Mario!, el ex de Stella.

En la vida, uno suele toparse con desvíos inesperados, y cruces donde los caminos se enredan de forma caótica. Esta situación representaba una de esas encrucijadas absurdas.

—Déjame entender. ¿Tú salías con el ex de Stella?

—Así es.

—¿Hablas en serio?

—Es increíble, lo sé —suspiró—. No hace mucho que nos veíamos. Lo conocí hace unos tres meses en una conferencia en Londres. Hubo una atracción inmediata. Como comprenderás, yo no tenía conocimiento de que Stella y él hubieran mantenido una relación con anterioridad. Ella siempre se mostró muy reservada con ese tipo de confidencias, y yo, jamás supe la identidad de su "novio secreto". Al estar lejos, esos detalles personales nunca surgían en nuestras charlas. Para entonces, Stella ya llevaba un año separada de él. Yo no tenía ni la más mínima idea. En fin, cinco meses después de su ruptura, él y yo coincidimos. Teníamos los mismos intereses y, entre una cosa y otra, comenzamos a salir. No me quejo; todo marchaba de maravilla, demasiado bien diría yo, hasta que llegó el día del accidente en la carretera.

—¿Cuál accidente?

—Mario regresaba de Liverpool tras una conferencia cuando un par de jóvenes alcoholizados se le atravesaron en una bifurcación. El coche dio varias volteretas antes de detenerse en seco contra un árbol. Afortunadamente, recibió asistencia rápida. En el hospital, en medio de su delirio, comenzó a pedir por Stella. No hubo forma de calmarlo. Sus padres, al verse sin salida, optaron por llamarla, pero no tenían su número agendado. Fue así como recurrieron a mí, su novia actual, para que yo contactara a su ex. ¿Puedes creerlo? —sonrió con amargura—. Fue así que, debido a ese incidente tan peculiar, fue que me enteré de todo.

Me mantuve inmóvil, procesando la información. ¿Constituía esto el premio a mi búsqueda incesante?

—Vaya, Irene... no tenía ni idea. ¿Fue por eso que me lanzaste aquellas palabras tan hirientes la última vez?

—Sí, y de nuevo te pido perdón. ¿Sabes? Uno piensa que, al fin su vida puede cambiar, y se ilusiona con la posibilidad de un futuro distinto. Haces planes, intentas no cometer errores que lo arruinen todo y, de repente, sucede algo que te golpea por donde menos lo esperas.

—Lo lamento.

—Gracias, de todos modos, ya no tiene sentido que sigamos buceando en estas aguas tan turbias.

—Tal vez tengas razón.

—¿Qué piensas hacer?

—¿Francamente? No lo sé. Quizás intente comunicarme con Stella para cerrar este ciclo, o puede que simplemente la olvide y siga adelante. No lo tengo claro. ¿Y tú?

—Me regreso a Londres.

—¿Cuándo?

—Hoy mismo. Acabo de renunciar. Ya no queda nada para mí en Leeds. No seré la Celestina de nadie, y mucho menos de un patán mimado como Mario. Y por favor, John, ten cuidado. Si Stella no se ha comunicado contigo ni te ha ofrecido una explicación, quizás se deba a que no desea hacerlo. O puede que me equivoque. En todo caso, aquí tienes el nombre del hospital donde se encuentran. Gracias por escucharme y por tu consideración. Debo irme; tengo que recoger mis últimas pertenencias antes de tomar el vuelo.

Tan rápido como se produjo nuestro encuentro, todo llegó a su fin. Irene se marchó, dejándome como único legado un trozo de papel con la dirección del hospital y el número de habitación de Mario. Contemplé el papel en mis manos, sintiendo el peso de un mundo que se movía por reglas que yo no alcanzaba a comprender.

Leeds se sumía lentamente en la penumbra con la llegada de la noche. El paréntesis del día empujaba a todos a detenerse; los comercios cerraban sus puertas, y el metal de las llaves giraba en las cerraduras y las alarmas comenzaban su vigilia silenciosa. La jornada tocaba a su fin, pero para mí, el tiempo parecía haberse estancado en ese rincón del restaurante.

Deambulé sin rumbo por las aceras, oculto tras mis pensamientos, inmerso en un bosque denso de interrogantes e impresiones que se agolpaban en mi mente. Me sentía empequeñecido por el dilema que se abría ante mí. Aquella noche, el descanso resultó imposible; apenas pude cerrar los ojos y, cuando lo hice, el sueño se pobló de imágenes inconexas y sentimientos mal conformados. Experimenté una montaña rusa de ansiedad, un desvarío inquietante que me dejó exhausto.

Al día siguiente, pasadas las nueve de la mañana, desperté con un sobresalto que me dejó el corazón acelerado. Tras un aseo apresurado, me dirigí al Nuffield Health Leeds Hospital.

Media hora más tarde, me encontraba frente a la imponente fachada del edificio. Los recuerdos de Stella acudieron a mí con una nitidez dolorosa: la última cena, sus gestos, sus silencios que ahora cobraban un nuevo significado. Suspiré con fuerza, intentando armarme de valor. Me encaminé hacia el interior, buscando esa explicación lógica, esa verdad que se deshilvanaba poco a poco, amenazando con revelar un paisaje que quizás no estaba preparado para ver.

CAPÍTULO 2

El aire del hospital se manifestaba denso, cargado de ese olor a antiséptico y a flores marchitas que se queda impregnado en la garganta. Mis pasos sobre el linóleo pulcro de la recepción producían un eco seco, un sonido que me hacía sentir fuera de lugar, como un intruso en un templo de dolencias ajenas.

Recorrí pasillos infinitos, subí escaleras que parecían no conducir a ninguna parte, formulando preguntas que se perdían en la indiferencia de los mostradores. Finalmente, una enfermera de gestos pausados y mirada compasiva se ofreció a guiarme. El edificio, con su lujo silencioso y su equipamiento de última generación, presentaba el aspecto de un hotel de cinco estrellas, pero para mí constituía un laberinto de incertidumbre. Mi presencia allí carecía de la lógica del paciente; mi tour personal poseía connotaciones mucho más sombrías, vinculadas a una ausencia que me quemaba por dentro.

Atravesamos una sala de espera de dimensiones generosas, amueblada con sillones de cuero que parecían diseñados para absorber el tiempo y el cansancio. Mesas bajas sostenían revistas atrasadas que nadie leía. La enfermera se detuvo frente a una puerta de madera clara, golpeó con los nudillos y se internó en el cuarto. Aguardé en el pasillo, contando mis propios latidos. Cuando reapareció, traía consigo a Stella.

Al verme, su rostro se contrajo en una mueca de asombro absoluto. Últimamente, mi mera presencia causaba ese efecto, como si me hubiera convertido en un espectro que nadie esperaba ver a plena luz del día. Ella me observó con una dureza que no intentó camuflar, directa y visiblemente irritada.

—¿Qué haces aquí? —soltó sin preámbulos, cerrando la puerta tras de sí con un chasquido definitivo—. ¿Y por qué has estado importunando a medio hospital preguntando por mí? Deberías haber esperado mi llamada, John. No tenías derecho a venir.

Sus palabras me golpearon con la fuerza de una bofetada física. Me quedé perplejo, sintiendo que el suelo bajo mis pies se volvía inestable. En ese instante, supe con una claridad dolorosa que me hallaba frente a una desconocida. La mujer que me miraba con reproche no guardaba relación con la Stella que yo creía conocer. Su proceder delataba un rechazo absoluto hacia mi presencia, como si mis preocupaciones constituyeran un comportamiento compulsivo y erróneo que ella no estaba dispuesta a tolerar.

—Oye, mantén la calma. Estamos en un hospital, no resulta apropiado montar una escena aquí. Tampoco tienes el fundamento para acusarme de nada. Simplemente me preocupé, eso es todo. No entiendo por qué adoptas ese tono tan obstinado conmigo, como si yo fuera el agresor. Resulta lógico que deseara saber qué te sucedía; te marchaste de mi lado sin ofrecer siquiera una explicación mediocre. Ha transcurrido casi un mes de silencio absoluto. Ni una nota, ni un mensaje. ¿Qué esperabas que hiciera? ¿Cuánto tiempo más debía permanecer sentado frente al teléfono aguardando un milagro? Tu postura frente a mí se muestra tan ilógica como carente de coherencia.

Stella apretó los dientes, su mandíbula se tensó. Sin mediar palabra, me tomó del brazo con una fuerza que no le conocía y me arrastró hacia la salida. Sentí sus dedos clavándose en mi piel. Me desembaracé de su agarre con un movimiento brusco, recuperando mi espacio personal.

—¡Basta! —le advertí, sintiendo el calor de la indignación subiendo por mi cuello—. No actúo como tu perro de arrastre para que me jales de esa forma por los pasillos. Si tienes algo que decir, dilo de frente.

¿Se sorprendió por mi arrebato? Sin duda. Sus ojos se abrieron un poco más, reflejando una chispa de duda. Sin embargo, yo no me encontraba allí para mendigar afecto ni para sollozar por las esquinas. Me mantuve firme, respirando el aire gélido de la tarde que se filtraba por las puertas automáticas.

Terminamos en una cafetería cercana, un lugar de techos altos y mesas de formica donde el aroma a café quemado servía de telón de fondo para conversaciones en voz baja. El local presentaba una concurrencia escasa; apenas unos pocos parroquianos ensimismados en sus tazas y los visitantes habituales que acudían allí como parte de un ritual diario y sombrío. Stella hizo un pedido rápido y volvió a clavar sus ojos en mí, cargados de una desaprobación que se manifestaba casi tangible entre ambos.

—Sigo sin comprender por qué te ofende tanto mi interés —dije, tratando de recuperar la fluidez en el diálogo—. Si no te amara, no habría movido cielo y tierra para encontrarte. Estaría en cualquier otra parte, lejos de esta angustia. Te esfumaste repentinamente, sin pronunciar una sola palabra que me sirviera de guía. Solo necesito entender qué ocurre, Stella. Nada más.

—John, John —susurró, negando con la cabeza—. Te comportas como un niño tonto que esgrime argumentos sin base alguna. ¿De verdad no pudiste aguantar un solo mes por tu cuenta? ¿Tan poca es tu autonomía que necesitas perseguirme hasta un hospital?

—Ha pasado casi un mes de tu desaparición de mi radar —le recordé, sintiendo que la paciencia se me agotaba—. Y en todo ese tiempo, nadie, ni siquiera tus padres, quiso decirme una sola palabra sobre tu paradero. ¿A qué viene tanto misterio? ¿Acaso corro algún peligro que desconozco? ¿Existe algún riesgo insospechado para mí? ¿O es que simplemente no encuentras el valor para confesarme que lo tuyo con Mario se ha reavivado en la clandestinidad? ¿Dónde quedaron tus promesas de amor, esas que mencionaste con tanto arrobo la noche antes de borrarte del mapa? Y a mi entender, cada palabra que salió de tu boca constituía una falsedad.

Apretó los labios hasta que se volvieron una línea fina y blanca. Desvió la mirada hacia la ventana, donde el tráfico de la ciudad se deslizaba como un río de metal y luces. Cuando regresó su atención hacia mí, su semblante se mostraba más rígido.

—No tienes motivo para estar enojado conmigo por no haber marcado tu número. El asunto presenta una complejidad que no estás preparado para entender ahora, pero debes ejercitar la paciencia. Y en cuanto a Mario, no posees el derecho de imaginar situaciones fuera de lugar. No metas su nombre en esto.

La tensión revoloteó sobre nosotros como un pájaro de mal agüero, un ave que custodiaba secretos oscuros entre sus alas. Me propuse derribar esa barrera sin miramientos. Su discurso sonaba demasiado ensayado, demasiado pulcro. La ansiedad se tornaba insoportable en mi pecho; sentía mi corazón bombeando con la fuerza de un fuelle en una fragua, avivando el fuego de una sospecha que ya no podía contener. ¿Qué saldría de todo esto? ¿Qué verdad se ocultaba tras su máscara de indiferencia?

—Stella, por favor, dejémonos de rodeos y vayamos al grano —insistí, inclinándome hacia ella sobre la mesa—. ¿Por qué no me has dado una explicación honesta? No resulta coherente alejarse de ese modo de alguien que, hasta donde yo sabía, estaba comprometida contigo. ¿Qué habría ocurrido si los roles se hubieran invertido? Si yo hubiera desaparecido así, serías tú, quien estarías exigiendo respuestas a gritos.

—¡De acuerdo, John! ¡Terminemos con esta farsa! —exclamó ella, golpeando levemente la mesa con la palma de la mano—. Te lo diré. Te diré exactamente por qué me fui esa noche sin despedirme. Es simple; lo que estaba sucediendo no era asunto tuyo. Así de sencillo. No formabas parte de esa ecuación.

La situación se volvió irreal de golpe, teñida de una indiferencia absoluta que me dejó un sabor feo en la boca. Sentí que mi ánimo se diluía, aplastado por la imagen abstracta y cruel de la cual formaba parte en esos instantes de desconcierto. La vi ausente, fría como un pensamiento expresado sin alma. Pareció titubear por un segundo, un breve parpadeo en su armadura, pero al instante recobró su postura y su semblante se endureció de nuevo, volviéndose impenetrable.

—¿Que no es asunto mío? Puede que no lo sea desde un punto de vista técnico, pero eso no cambia el hecho de que me debes una explicación por respeto a lo que tuvimos. Si decides callar, ese silencio me indica que tus sentimientos hacia mí nunca fueron del todo honestos, sino como una absurda mentira declarada con un descaro que me asombra.

—Oh, mi amado John, de verdad no sabes nada de nada. Puede que esta conversación te resulte desagradable, y no dudo que lo sea. Pero no me aprovecharé de tu ingenuidad. Cuando Irene llamó esa noche —porque doy por sentado que ella te reveló mi paradero—, me tomó totalmente desprevenida. Jamás imaginé que algo así sucedería, y a tal motivo, yo me asusté. El miedo me paralizó.

—¿Te asustó una llamada?

—John, aprecio sinceramente tu interés en mi vida. Agradezco cada una de tus atenciones que, a lo largo de este año, me brindaste con tanta gentileza y comprensión. Fuiste un refugio, de verdad.

—¿Pero?

—Entiéndelo, por favor. No pedí que esto ocurriera. No planeé salir corriendo porque un... amigo me necesitaba en esos instantes cruciales de desesperación y agonía. No fue mi intención abandonarte de ese modo tan abrupto. Todo sucedió tan rápido que mi mente simplemente se apagó. Sentí como si miles de estrellas se difuminaran en el vacío y me vi inmersa en un mar de sentimientos encontrados. No sabría cómo explicarte lo que percibí en ese minuto desalentador. Solo supe que debía estar a su lado. Lo siento, John. De verdad lo siento.

—Es porque todavía lo amas, ¿cierto?

No respondió. Se limitó a mirar a través de la ventana, siguiendo el rastro de la lluvia que empezaba a empañar el cristal. Mis temores me abandonaron, dejando espacio a la evidencia tangible de una verdad irreprochable.

—Lloraría si supiera que eso te haría sentir mejor, pero serían lágrimas patéticas, carentes de voluntad propia. Perdona mi cobardía al no llamarte. Quizá, en lo más profundo de mi corazón, deseaba que esto ocurriera para evitar hablar con rodeos o aplazar innecesariamente algo que... estaba destinado a suceder. Cuando rompí con Mario, el motivo constituyó una estupidez, una jugarreta de mi parte. Pensé que con el tiempo lograría olvidarlo, que tú serías el bálsamo necesario. Pero no resultó así. Ahora entiendo que solo lo había ocultado bajo llave, esperando una señal para abrir la puerta. Lo siento por lo que te he hecho pasar, John.

Habló luego de otras cosas, detalles logísticos y disculpas vacías que preferí ignorar. Me miró fijamente a los ojos, esperando una respuesta, un perdón o un reproche. No pude articular palabra; incliné el rostro hacia la mesa, estudiando las vetas de la madera como si en ellas estuviera escrito mi futuro.

—¿No dirás nada? —insistió, buscando que yo aceptara el adiós definitivo que ya resonaba en mis oídos como un lamento constante.

—No —respondí finalmente, levantando la vista—. Ya lo has dejado todo claro. Resulta inútil intentar retener lo que nunca fue mío. Solo vete, Stella. Ve y busca la felicidad con el hombre que has escogido. No me queda nada más que decirte.

Observé la sombra de su brazo extenderse hacia mí, buscando quizás un último contacto físico. Levanté mi mano en un gesto de rechazo; no deseaba guardar nada de ella, ni un roce, ni una caricia de despedida que solo serviría para prolongar el dolor. Ella se incorporó de su asiento y caminó hacia la salida. Solo entonces la contemplé por última vez, y pude notar que un par de lágrimas brotaban de sus ojos justo antes de cruzar el umbral y desaparecer entre la multitud.

Permanecí allí un largo rato, sumido en un silencio que se sentía pesado como el plomo. Vi cómo su silueta se perdía entre el bullicio de la calle, entre las razones inconstantes de un día que se negaba a terminar. Me recosté sobre el respaldo de la silla, eché la cabeza hacia atrás y cerré los ojos. La realidad de este incidente presentaba tintes caprichosos, casi irreales. Al final, cada quien enfrenta a su modo la severidad de una confrontación así. No existen culpables absolutos, solo circunstancias que actúan como piedras en el camino, paños de angustia que nos aguardan en los pasillos de la existencia. Debía cerrar este capítulo de mi vida y dar vuelta la página, aunque las manos me temblaran al hacerlo. Me sentía como uno más en el desfile de los desafortunados, un testigo de una historia que pudo haber sido y se desvaneció en el aire. Nada del otro mundo, me dije, aunque el corazón me dictara lo contrario.

Dos meses desde aquel encuentro final con Stella. Una mañana de julio, mientras caminaba junto al río Aire en un viernes de brisa fresca, decidí detenerme bajo la sombra de un árbol joven para beber un poco de agua. A esas horas, la vista del Leeds Dock se antojaba jovial, llena de una energía bullente que contrastaba con mi propia calma interior. Una ráfaga seca de viento se coló entre las ramas y generó un pequeño remolino a mis pies, agitando hojas secas en una danza caprichosa. De inmediato hice una parada de manos, una vertical, lo cual asustó a un par de aves que descansaban en una rama cercana.

—¡Lo siento, amigas! —exclamé hacia el follaje—. ¿Han visto lo que mi diminuta damisela de los aires me ha obligado a hacer?

—¡Una alegoría digna de tener en cuenta, mi estimado señor! —respondió una voz femenina a mis espaldas.

Conocía aquel tono de voz tan singular, diáfano y femenino. Me sorprendió sin lugar a dudas. Giré despacio, para no mostrarme fuera de lugar.

Christie, vestida de forma informal, pero con una elegancia deportiva que resultaba innegable, me observaba con una curiosidad teñida de ironía. Sus gafas oscuras y un sombrero de ala ancha en tono beige le conferían un aire exclusivo, casi de otra época.

—¡Christie! Qué casualidad encontrarla por estos rumbos.

—¿Interrumpo acaso su diálogo filosófico con las aves y el viento?

—Sí, me atrapó en pleno acto —admití, intentando aligerar la situación.

—¿Suele entregarse a tales actividades a menudo?

—Solo los viernes y, en ocasiones especiales, los sábados.

Me dirigió una mirada extrañada, realizó un saludo apenas perceptible con la cabeza y prosiguió su camino con una paso firme y rítmico.

—¡Vamos, mujer! —exclamé en voz baja, viéndola alejarse—. Solo fue una broma.

Se movía con una delicadeza que recordaba a un jazmín mecido por la brisa. Apoyé las manos sobre las rodillas, contemplando su espalda. No la seguiría; no tenía motivo alguno para hacerlo. Ya había tenido suficiente persecución por una vida entera. Decidí que era momento de regresar a casa.

Volví sobre mis pasos, tarareando una melodía que no lograba identificar. Al poco rato, el trote se apoderó de mis piernas. Corrí hasta sentir que el corazón se me desbocaba, disfrutando del esfuerzo físico como una forma de purga. Mil metros más adelante, me detuve jadeante, suplicando por una bocanada de oxígeno. Me dejé caer sobre un banco de madera, inspirando con dificultad mientras el sudor me corría por las sienes.

—Nada mal —me dije, entusiasmado por la vitalidad que sentía—. Nada mal en absoluto.

Me incorporé y busqué la suavidad de la hierba, arrojándome sobre ella con los brazos extendidos. Me sentía agradecido por ese instante de libertad plena. Era consciente de que mis pensamientos se hallaban más aliviados.

Instantes más tarde, el sonido insistente de un claxon me arrancó de mi descanso. Al abrir los ojos, observé a un TVR Chimaera negro que se había estacionado junto a la acera. Al volante, la sobria y exquisita Christie me saludaba con una mano, invitándome a acercarme. ¿Qué clase de mensaje enviaba el universo con esta coincidencia?

Me puse en pie y caminé hacia el vehículo. Ella me aguardaba con su habitual sentido de la gravedad, aunque esta vez no parecía severa, sino más bien formal.

—John —dijo con esa voz clara que poseía—. Está claro que, resulta una coincidencia peculiar encontrarlo de nuevo. Veo que se ha desmoronado sobre el césped como si el mundo se hubiera acabado. ¿Se encuentra usted bien?

—Oh, sí, perfectamente. Solo me recosté un momento para recuperar el aliento. El ejercicio ha sido intenso hoy.

—¿Siempre se muestra tan exigente consigo mismo? —preguntó, apoyando un brazo en el marco de la portezuela.

—Me agrada probar mis límites —respondí, observando el coche con admiración—. ¿Es suyo este modelo?

—No, pertenece a mi hermano. Constituye un modelo excelente, pero demasiado sofisticado para mi gusto personal. Aprecio los vehículos con menos ostentación. ¿Necesita que lo lleve a algún sitio?

Para ser sincero, no me cabía duda de que esto no era obra del azar, pero controlé mi ansiedad con rigor, manteniéndola bajo llave.

—Se lo agradecería mucho —dije, acercándome a la puerta del pasajero.

—Indíqueme su dirección y lo dejaré allí.

—No es necesario si le queda fuera de su ruta habitual.

—Aún no me ha revelado hacia dónde se dirige —señaló con un gesto de ligera turbación—. ¿Cómo podrá saber entonces si me desvío de mi camino?

—Tiene usted toda la razón —admití, sintiéndome un poco torpe bajo su mirada.

Tras marcar el itinerario, emprendimos el viaje. Me sentía un tanto cohibido por mi estado; estaba transpirado y mi ropa presentaba un aspecto descuidado. Estuve a punto de pedir disculpas por mi atuendo, pero desistí al instante. Si ella había tenido la cortesía de invitarme, sabiendo que venía de correr, cualquier disculpa resultaría redundante. Preferí esperar a que fuera ella quien rompiera el hielo, evitando así meterme en problemas innecesarios.

—¿Practica usted el atletismo con regularidad?

—Tres veces por semana, dependiendo de mi estado de ánimo.

—¿Y cómo se manifiesta hoy su estado de ánimo?

—Mejor, mucho mejor. Superando los desafíos habituales que nos impone la vida.

De forma inconsciente, mis ojos se fijaron en sus piernas. Fue un acto reflejo, un desliz involuntario al girarme hacia ella. El vestido corto, combinado con unas calzas negras que llegaban a la mitad de sus muslos, me reveló una faceta desconocida de Christie. A pesar de su aire refinado y modesto, sus piernas se mostraban tonificadas, musculosas y firmes bajo la tela. Retomé mi postura con rapidez, esperando que no hubiera notado mi indiscreción.

—Estoy convencida —continuó ella, ajena o quizás indiferente a mi mirada—, de que su actividad física no debería adecuarse a una exigencia que lo deje al borde del colapso. Es usted joven; debería tomárselo con más calma e incrementar su rendimiento de forma gradual. Con el tiempo, esa disciplina le proporcionará beneficios duraderos.

—Nuevamente tiene razón. A veces nos lanzamos a una actividad sin medir las consecuencias, buscando quizás escapar de algo.

—Me alegra que lo reconozca. Dígame, ¿continúa con su labor literaria?

—Sí, he terminado una nueva novela. Una historia de fantasía ambientada en la Edad Media y otras épocas paralelas.

—Suena interesante. Tal vez algún día tenga la oportunidad de leerla.

—Eso me encantaría.

Hizo una pausa y comentó algunos detalles sobre el clima. A los pocos minutos llegamos a mi destino. Descendí del auto y le agradecí de nuevo su gentileza. Ella se disponía a arrancar cuando la detuve.

—Christie, espere un momento —las palabras parecieron atascarse en mi garganta. Aclaré mi voz, luchando contra los nervios—. ¿Le gustaría... salir a caminar algún día? ¿O quizás ir a beber algo?

Por un instante eterno, pensé que rechazaría la invitación. Sin embargo, me estudió con una atención casi clínica.

—Preferiría cenar, en lugar de solo beber.

—Oh, bueno, en ese caso... ¡Espere! ¿Acaba de aceptar?

—Tal parece que el agotamiento físico ha afectado su audición. Vivo a cuatro calles de aquí, en una casa de estilo clásico, color gris, con portones de un tono verduzco que recuerda a los pastizales de Irlanda. Pase por mí esta noche a las siete. ¡Y le ruego que sea puntual!

El convertible emitió un rugido grave y se alejó por la calle. Me quedé allí, plantado en la acera. Ese encuentro resultó ser, sin duda, el más considerado de todos los que habíamos tenido. ¿A solo cuatro calles de mi casa? Me senté en el suelo frente a mi puerta, reflexivo. El día se manifestó como una sucesión de sorpresas impensables. Sentí un escalofrío recorrer mi columna. Solo cuatro calles nos separaban. ¿Casualidad? Resultaba difícil de creer.

Mis padres siempre han vivido en Leeds. Crecí con los valores de esta ciudad, me formé en sus calles, al igual que Stella. Jamás hubiera imaginado que una mujer tan elegante y sobria como Christie residiera tan cerca. Su ascendencia inglesa se notaba en cada gesto, en su forma de hablar y en esa mezcla de feminidad y rudeza que la hacía única, tan distinta a sus hermanos.

No parecía tener interés en las modas pasajeras; era una mujer de rasgos sensibles, moderada y dueña de un estilo propio. Una leve brisa rozó mi rostro, sacándome de mis deducciones. Fui directo a la ducha, preparándome para lo que vendría.

Y a las siete menos cinco, me encontraba frente al portón gris que Christie me había descrito. La edificación presentaba una distinción que solo el tiempo y una vida sobria pueden otorgar. Sus moradores debían de ser una familia en armonía, típica de Leeds. Un suave presentimiento se instaló en mis sentidos. La puerta se abrió y Dennise, con las mejillas encendidas por la emoción, salió a recibirme.

—¡John! ¡Qué alegría verte por aquí! —exclamó con entusiasmo.

—Gracias, Dennise. A mí también me alegra encontrarte. ¿Cómo has estado?

—Bien, muy bien. Pasa, por favor —me cogió de la mano y me guió hacia el interior—. Mi hermana no tardará en estar lista. Mientras tanto, te presentaré al resto de la familia.

¿Por qué la vida siempre se empeñaba en ponerme a prueba de formas tan inesperadas?

Desde el umbral del salón, pude observar a varias personas que ocupaban el recinto amueblado con piezas tradicionales y cortinas de tonos cálidos. Y en ese punto, todas las miradas se centraron en mí. Dennise se disponía a anunciarme cuando un sonido ensordecedor de neumáticos frenando en seco desgarró la tranquilidad de la tarde, seguido de un estruendo metálico, un impacto violento que hizo vibrar los cristales.

Miré a Dennise un segundo y salí disparado hacia la calle, en dirección al origen del ruido. Siempre he guardado un horror profundo hacia los accidentes de tráfico. La tragedia es la otra cara de nuestra existencia, una que se manifiesta sin previo aviso.

Corrí varios metros hasta que, a media cuadra, vi la escena. Un Land Rover y un Cooper deportivo habían colisionado con una violencia brutal. Los ocupantes del Cooper, todos jóvenes, abandonaban el vehículo por su propio pie, ayudándose entre ellos. Parecían ilesos, aunque aturdidos. Mi atención entonces, se centró en el Land Rover, que presentaba su carrocería aplastada contra el suelo y empezaba a soltar un humo denso y negro. Los gritos de las mujeres que se acercaban advertían del peligro inminente de explosión.

Varios vecinos se encargaron de los jóvenes del Cooper. Yo, junto a un par de hombres más, me dirigí al Rover. El calor se manifestaba insoportable; el combustible se había derramado y las llamas empezaban a lamer los restos del motor. Logramos forzar la puerta del conductor. El interior se conformaba en un caos de cristales rotos y metal retorcido. Aquí no había héroes de película; cada segundo representaba una batalla contra el tiempo.

Tosiendo por el humo, logramos sacar al conductor, que se mostraba inconsciente y con el rostro cubierto de sangre. Mis compañeros se lo llevaron a una distancia segura. Yo me quedé para asistir al pasajero, una mujer de unos treinta años que forcejeaba conmigo, presa del pánico. Me rechazó con violencia hasta que logré entender su súplica.

—Mis... hijas —logró decir con una voz rota, señalando hacia los asientos traseros.

Me introduje por el hueco del conductor y me deslicé hacia atrás. Cubiertas por mantas, dos pequeñas de unos tres años permanecían inmóviles en sus sillas de seguridad. La madre, al verlas, rompió a llorar de forma desgarradora, implorando al cielo que no las abandonara. La desesperación se sentía como un peso físico sobre mis hombros. Por alguna razón, los cinturones estaban bloqueados, y se negaban a ceder.

—¡Vamos! —exclamé, poniendo toda mi fuerza en los cierres mientras el humo llenaba la cabina. La mujer tosió un par de veces y se desmayó. Me moví con la urgencia de un loco, sacudiendo los amarres hasta que, finalmente, el primer cierre cedió. Pateé la puerta trasera con saña hasta que se abrió, entregué a la primera niña a alguien que esperaba fuera y regresé por la segunda. Grité pidiendo ayuda, pero en ese momento nadie más se aventuró a acercarse al coche que ya rugía bajo el fuego. Finalmente, otra mano anónima recogió a la segunda pequeña.

¡Ahora la madre!

Pero el destino se mostraba incansable en sus contratiempos. Los cinturones delanteros parecían haberse fundido.

—¿Por qué todo se traba? —bramé, asfixiándome con el humo negro. Y con un esfuerzo supremo, logré liberar las cintas. La tomé por los hombros y la arranqué del asiento. Nos arrastramos fuera de ese espacio de muerte, logré alzarla en brazos y caminé unos metros con las piernas temblando.

Y entonces ocurrió. Una explosión mortífera lanzó una onda de choque que nos arrojó a ambos contra el asfalto. Las llamas se elevaron como un infierno privado. Me quité de encima de la mujer y, al intentar sentarme, un dolor agudo y gélido en mi hombro derecho me quitó el aliento. Miles de agujas ardientes parecían perforar mi pecho. Permanecí de rodillas, jadeante.

Al mirar hacia abajo, el horror se manifestó con nitidez; una vara de metal había atravesado mi cuerpo de lado a lado. La sangre empapaba mi camisa. Sentí una náusea violenta y un mareo que amenazaba con apagar mi mente. Me recosté contra un viejo poste de luz, rechazando a los primeros paramédicos que llegaron. Les indiqué que atendieran a la madre; yo podía esperar.

—Aguanta, muchacho —me dijo uno de ellos—. Ya vienen más refuerzos.

Sentí la adrenalina corriendo por mis venas. Aspiré profundamente varias veces, observando cómo los bomberos cubrían el coche calcinado con agua. El vapor que subía de los restos parecía una protesta hiriente contra el frío de la noche.

Alguien gritó mi nombre. Era Dennise. Corrió hacia mí con los ojos anegados en lágrimas.

—¡John! ¡Por todos los cielos, John!

—Tranquila, princesa —respondí con voz pausada—. Todo está bien... no te inquietes por mí.

—¡No está bien! —exclamó, apoyando una mano en mi hombro sano—. ¡Mira cómo estás! Se suponía que saldrías con mi hermana, no que bailarías con la muerte en plena calle.

—Sí... parece que la cita tendrá que esperar.

En ese momento, siguiendo la mirada de Dennise, vi a Christie. Caminaba lentamente hacia nosotros, sosteniendo su brazo izquierdo con la mano derecha. Su rostro presentaba un desconcierto absoluto, un temor progresivo que se reflejaba en sus ojos. A pesar de mi estado, noté lo maravillosa que se veía, con ese vestido de seda en color borravino que la envolvía como una ofrenda de tiempos antiguos. Su rostro resplandecía bajo la luz de las farolas.

—Cielos, Christie... se ve usted estupenda... es toda una visión —dije, sintiendo una punzada que me impidió seguir.

—No se esfuerce, John —se arrodilló a mi lado—. Los socorristas están aquí. Estará bien.

—Lamento faltar a nuestra cita —susurré, sintiendo que la lucidez se me escapaba entre los dedos.

—Esperaré por usted, John. No me moveré de su lado hasta que lo vea recuperado.

La vi entre brumas, como un ángel lleno de luz en medio del caos.

—Es usted hermosa, ¿lo sabía? Me gustaría... besarla.

En ese instante perdí el conocimiento. Supe después que Dennise me sostuvo antes de que tocara el suelo. Christie me contempló en silencio, absorta. La oscuridad me invadió por completo; había perdido demasiada sangre.

Navegué por la inconsciencia como si se tratara de un sueño sin fin. Mi alma sobrevoló pasadizos incógnitos, atravesando puertas que conducían a lugares ininteligibles. Quizás solo eran nubarrones en una mente febril, visiones de siluetas moviéndose a velocidades imposibles. Mi mente se dejó caer en un precipicio oscuro, un lugar que me produjo un estremecimiento final antes de empezar el largo camino de regreso.

Pasaron un par de días antes de que recuperara la conciencia. Al abrir los ojos, Christie y Dennise estaban allí. Según me contaron, se habían turnado para no dejarme solo ni un segundo. El doctor y la enfermera acudieron de inmediato, felicitándome por lo que llamaban una acción heroica. Mi habitación se presentaba llena de globos, osos de peluche y cartas de agradecimiento.

—John, estoy tan feliz de que lo lograras —dijo Dennise, apretando mi mano—. Los doctores dicen que la varilla no tocó el corazón por puro milagro. Eres mi héroe favorito.

—Parece que constituye un hábito en usted asistir a quien lo necesita —agregó Christie con una voz suave.

—Hice lo que cualquiera habría hecho...

—No vi a ese "cualquiera", John. Lo vi a usted. Y eso nos enorgullece. Pero escúcheme bien; no arroje su vida de forma tan temeraria otra vez. ¿Vale la pena extinguir su llama por un minuto de gloria si al final todos terminamos perdiendo?

—Christie —dije, buscando sus ojos castaños—, supongo que, si no lo hubiera hecho yo, nadie más lo habría intentado en ese momento.

—¿Ha terminado ya su búsqueda?

—Sí, y resultó tal como usted predijo —respondí con aplomo—. Stella nunca dejó de amar a su prometido. Yo simplemente constituí un vaso disponible, un recipiente para ser usado en el momento justo. Nada más.

Ella se acercó y me tomó la mano con una ternura que me resultó nueva. Dennise nos observaba con los ojos muy abiertos, radiante. En ese pequeño cuarto de hospital, el futuro empezaba a escribirse con una caligrafía distinta, una que ya no incluía el nombre de Stella, sino la promesa de algo real y presente.

—Tal como le aseguré antes de que el conocimiento se le escapara —pronunció Christie, recortándose contra la luz pálida de la ventana del hospital—. Permaneceré a la espera, si resulta de su agrado. Después de todo, me debe una salida. Y no, no podrá besarme... todavía.

Apreté los párpados, sintiendo cómo el calor del bochorno me subía por el cuello. La risa de Dennise, un sonido breve y cristalino, flotó en el aire viciado de desinfectante. Una enfermera irrumpió en la habitación, moviéndose con esa eficiencia mecánica que caracteriza a quienes conviven con el dolor ajeno, y solicitó que me permitieran el descanso. Ambas mujeres, con sus miradas color ámbar que se manifestaban como faros en mi confusión, se despidieron mediante una sonrisa. Dennise se inclinó, dejando en mi frente un beso que presentaba el tacto de un pétalo húmedo.

—Sabía que no me equivocaba con respecto a ti, John —me susurró al oído, con un aliento que olía a té y a otoño—. Lo percibí en el instante mismo en que te vi aquella noche. Y no guardes recelo alguno; mi hermana constituye la mujer ideal para ti. Considéralo una certeza de mi instinto. Descansa, amigo, y procura no causarnos otro sobresalto. Hasta mañana.

—¿Vendrás entonces?

—No lo dudes ni por un segundo —respondió, esperando a que Christie cruzara el umbral primero. Antes de seguirla, volvió a bajar la voz—. Casi formas parte de la familia ya. Te lo repito; ella resulta la pieza que te falta.

La observé marcharse, sintiéndome azorado por la contundencia de sus palabras. ¿Christie? Aquella mujer ostentaba el aire de una soberana en el exilio; su presencia evocaba una distinción que parecía correr por sus venas como un torrente de sangre azul. Su elegancia, ese porte que se mostraba apabullante, y la dinámica de sus gestos, me situaban en un plano inferior, a una distancia que se medía en leguas de clase y refinamiento. Contemplándola a lo lejos, el destino parecía haber dictado que seres de su estirpe permanecieran inalcanzables para alguien como yo. Al menos, esa convicción servía de refugio para mis inseguridades. Cualquier aventura tras sus pasos constituía un derecho reservado para candidatos con mejores credenciales que las de este escritor desdichado. Sin embargo, la Providencia que rige los hilos de nuestro destino parecía sostener una opinión divergente.

Esa "Duquesa de las orquídeas" ejercía sobre mí una fascinación casi mística. Su resolución para encarar la existencia con una firmeza inquebrantable, sumada a una figura que delataba cuidado y una clase innata, proyectaba una personalidad que demandaba respeto. Resultaba gratificante perderme en el laberinto de sus formas. Mientras la idea de ella ocupaba mi mente, percibí un cambio sutil en mi interior, un engranaje que volvía a su sitio.

De pronto, la certidumbre de que todo hallaría su cauce se apoderó de mí. Y con ese pensamiento como almohada, me entregué al sueño.

Los días que transcurrieron en el Nuffield Health Leeds Hospital se manifestaron como un desfile de horas muertas, tediosas y monocromas.

La ironía de acabar en un lugar así no se me escapaba. El tiempo actuaba como un peso lento, solo interrumpido por las visitas de la policía y el asedio de una prensa que buscaba extraer épica de mi infortunio. No obstante, un suceso trajo un resplandor de alegría; la familia que logramos rescatar de aquel vehículo envuelto en llamas acudió a saludarme. Conversamos durante un largo tramo; la madre, con los ojos empañados, compartió confidencias que ahora atesoro en el rincón más sagrado de mi memoria.

Dennise se mostró infatigable. Venía por las mañanas y, a menudo, repetía por las tardes, ofreciéndome su compañía servicial. Christie, en cambio, se mantuvo como una ausencia constante durante toda mi estancia. Tal vez los hospitales representaban para ella escenarios de un mal gusto insoportable. Su hermana esquivaba mis preguntas con una frase recurrente; "ella te lo explicará", y no añadía más. Prefería hablarme de sus anhelos, de su deseo de estudiar publicidad y diseño, hilvanando sueños que llenaban el vacío de la habitación.

Así crucé el periodo de mi convalecencia, rodeado de conocidos que aparecían más por curiosidad que por un afecto genuino. Los despachaba con brevedad, fingiendo un cansancio que, a ratos, se tornaba real. Siempre he sentido una repulsión instintiva hacia los aduladores.

El día de mi partida, Christie reapareció, trayendo consigo la explicación a su silencio.

—Lamento no haber venido antes, John —dijo, con una expresión que se mostraba honesta y libre de artificios.

—No se sienta en la obligación, Christie. No quiero que se sienta mal por ello.

—No se trata de una obligación, ni requiero de su permiso para gestionar mis sentimientos —replicó con esa dureza que la caracterizaba—. No diga eso. Habría deseado estar aquí de mil maneras distintas, pero mis motivos resultan, digamos, particulares. Si está dispuesto a escuchar, se lo confiaré.

Se sentó en una silla junto a mi cama. Fue un instante suspendido en el tiempo. Sus ojos, que presentaban el tono de la tierra húmeda, se clavaron en los míos con una profundidad cargada de un misticismo que me dejó inerme. Para un hombre que habita en el romanticismo y que confía ciegamente en la fuerza de los vínculos humanos, mantener la compostura constituía un desafío casi insuperable.

—Me agradaría mucho escucharla.

—Aunque refreno el impulso de desvelar toda la arquitectura de mi pasado, le presentaré el núcleo de mi angustia —comenzó, y su rostro pidió una comprensión que yo ya le había otorgado de antemano—. Antes de mi regreso a Leeds, residía en un pequeño departamento en Bradford. No le aburriré con detalles irrelevantes. En la vivienda colindante habitaba una mujer mayor con sus dos hijos. Aquella familia constituía un ejemplo de armonía; jamás se oía un grito, ni una de esas disputas que tensan la relación como un cable de acero a punto de quebrarse. Pero los días, John, se muestran a menudo mezquinos y violentos. Esa familia, trabajadora y noble, se vio golpeada en su salud. ¡Cómo dolían los lamentos de aquellos hijos ante lo inevitable! La fuente de tanto pesar se hallaba en la cercanía del fin —noté cómo sus manos se entrelazaban con fuerza sobre su regazo—. Los veía intercambiarse, uno tras otro, entre la casa y el hospital. Pocas cosas logran conmoverme, pues mi temple se manifiesta fuerte y no guardo reproches para la vida, pero ver sufrir a esa muchacha, de la edad de Dennise, me partía el alma. Y su hermano, un joven honrado que estudiaba en la universidad, se desgastaba en un esfuerzo aniquilador durante los meses de invierno. Me ofrecí a ayudar, a cocinar, a limpiar... la impotencia me atenazaba la garganta al verlos tan desvalidos y, a la vez, tan firmes. Pero se negaron. Una y otra vez. ¡Qué frustración sentía en las noches, oyendo el llanto de la niña! Me arrodillaba contra la pared y rezaba por ellos con una intensidad que casi me consumía, suplicando por una fortaleza que los amparara en esa amargura agria —tomó aire, como si el recuerdo todavía pesara en sus pulmones—. El reloj, ese instrumento impasible del destino, marcó finalmente la hora para Diane, la madre. Lejos de este mundo, dejó tras de sí a dos seres formidables. El sol salió y se ocultó, y ellos se marcharon a otra ciudad. Esa experiencia quedó grabada a fuego en mi pecho. Por eso, cuando lo vi a usted esa noche, rodeado de humo y sangre, mis cimientos vacilaron. Me aterró la posibilidad de su muerte. Y aunque apenas nos conocemos, ese sentimiento se tradujo en una aprehensión abrumadora. El dolor que sufrí por aquellos hermanos se materializó de nuevo cuando vi a Dennise de rodillas junto a usted. Tuve que alejarme para combatir esa sombra que acechaba mi mente. Solo cuando recuperé la calma, supe que usted estaría bien.

El silencio se instaló entre nosotros, por un breve intervalo.

—Gracias, Christie —dije tras unos segundos—. Sus sentimientos la honran. Solo usted conoce el peso de esos días, pero le aseguro que esos jóvenes estarán bien. El sufrimiento actúa como una fragua que nos hace madurar, y sus oraciones, sin duda, hallaron su camino. La vida se presenta como una avenida de acertijos y se requiere valor para seguir. Esa pena que arropó sus noches terminará por diluirse, dejando solo cicatrices que contarán su historia.

Vi cómo ella desviaba la mirada hacia Dennise, que charlaba con un médico al fondo del pasillo.

—Es muy considerado por su parte. Ahora conoce mi razón. No intente impresionarme, es un derecho que no le otorgo. Manténgase fiel a sí mismo y nos llevaremos bien.

—Le agradezco que esté aquí hoy.

Horas después, sentado en una silla de ruedas y empujado por una Dennise que no dejaba de hablar, abandoné el hospital. Christie caminaba a nuestro lado. Al observarla, la duda de si algún día podría estar a mi alcance seguía punzando en mi costado.

Ya en mi hogar, Dennise insistió en venir regularmente para asistirme. Mi orgullo, que actuaba como un escudo, me llevó a rechazar la oferta, pero ella se mostró inflexible. Al final, claudiqué ante su determinación. Christie esperaba en el coche.

«Vete ya, pequeña, no quiero que tu hermana entre aquí; no sabría cómo reaccionar ante su presencia en mi espacio.»

—¿Quedamos en eso, entonces? —preguntó Dennise, satisfecha.

—Sí, acepto tus visitas.

Desde el umbral, las despedí con la mano. A veces, la vida llama a tu puerta con invitaciones inesperadas, y esta constituía, sin duda, una de ellas.

Los días siguientes se repartieron entre mis libros y la tarea de pulir manuscritos para la editorial. Por las tardes, mis paseos buscaban llenar los huecos de mi historia con Christie. La impaciencia se manifestaba como un latido constante; necesitaba saber si mi afecto encontraba algún eco en ella. Empecé a buscar su contacto de forma más asidua. Hablábamos por teléfono, o la invitaba a caminar por Roundhay Park.

En esos paseos, bajo la luz de atardeceres que la imaginación convertía en lienzos, disfrutábamos de un diálogo que se abría paso entre nosotros. Veíamos el sol hundirse en el horizonte y la luna ascender, silenciosa, mientras las estrellas salpicaban el vacío de la creación. Fui conociendo sus matices, su forma de hablar, el afecto profundo que profesaba a los suyos.

A veces, sus preguntas se manifestaban como latigazos, como si intentara bucear en lo más hondo de mi ser para ver qué tesoros o miserias escondía. Y me acostumbré a sus indagatorias, a esa actitud recia que, en otro momento, me habría parecido un signo de inmadurez, pero que ahora aceptaba como un precio justo por su compañía. Hablábamos de mis escritos; a veces le leía fragmentos, y ella escuchaba con atención. Luego me sugería algunas cosas, algunos cambios aquí y allá. Su ojo para la corrección no tenía par.

Poco a poco, una comprensión mutua comenzó a unir nuestros mundos. En ocasiones, el silencio se convertía en nuestra mejor herramienta. Ella se detenía, recogía un guijarro del suelo, examinaba su textura con curiosidad y luego me lo entregaba con una sonrisa. A día de hoy, poseo casi medio kilo de esas piedras, pequeños fragmentos de nuestros paseos que planeo transformar en algo hermoso, un recordatorio de que, incluso en la dureza del mineral, existe una belleza que solo el tiempo y la atención logran revelar.

CAPÍTULO 3

Los días se sucedían con una lentitud exasperante, deslizándose unos sobre otros como capas de pintura gris en un lienzo que ya nadie miraba. Christie se había ausentado, reclamada por obligaciones laborales que para mí resultaban un misterio lejano, y su ausencia dejó en mi rutina, un hueco silencioso, una pausa en la música que yo desconocía hasta que se detuvo. Lo cual no me gustó. Me estaba acostumbrando a ella. Es decir, soy de esas personas que se meten, una vez que nadan seguras. Y yo me sentía muy a gusto y seguro con ella. Y ahora se digna en desaparecer sin decir nada. Está bien, es su vida, nada me debe, ¿por qué me habría de molestar? Tampoco soy un adolescente que sigue en la pubertad. Cielos, últimamente, me afecta todo.

Regresé a la cadencia habitual de mis jornadas, al ritmo monótono de la escritura y el trabajo, aunque ahora, cada objeto de mi casa parecía vibrar con una frecuencia distinta, como si esperaran un retorno.

En una de esas tardes donde la luz de Leeds se filtraba pálida a través de las cortinas, recibí la visita de Dennise. Su energía siempre contrastaba con la quietud de mi hogar; o sea, ella traía consigo el ruido de la calle y la vitalidad de la juventud.

Al entrar, sostenía un sobre en la mano con un gesto de curiosidad teatral.

—Alguien dejó esto para ti —dijo, extendiéndome el papel—. Lo encontré recostado contra el marco de la puerta, como un animalito buscando refugio. Quienquiera que fuese, intentó deslizarla por debajo, pero la madera se resistió.

Tomé el sobre. El papel se sentía rugoso al tacto, un blanco sucio que había viajado lejos.

—¿De quién podría ser? —indagó Dennise, balanceándose sobre sus talones, con las manos entrelazadas tras la espalda, y observándome con la intensidad de quien espera un giro dramático.

—Lo ignoro —admití, examinando la superficie vacía—. No lleva remitente. Supongo que el misterio se revelará al abrirla.

Rasgué el papel. Y al extraer la hoja doblada, mis ojos se toparon con una caligrafía que conocía, unos trazos que en otro tiempo habían significado promesa y ahora solo evocaban un eco distante. *Stella*. Sentí cómo el aire de la habitación cambiaba de densidad, hasta volverse un completo desconocido, algo que ya no correspondía.

Dennise, percibió mi gesto de fastidio, y se retiró unos pasos, concediéndome un círculo de privacidad en medio de la sala.

Leí en silencio.

Querido John:

Resulta extraño, casi ajeno, trazar estas líneas después del abismo de tiempo que nos separa. Desconozco la geografía actual de tu vida, pero mis deseos se inclinan hacia tu bienestar, hacia esa paz que siempre buscaste. La noticia de tu accidente llegó hasta mí, y la preocupación se instaló en mi pecho. A pesar de ello, te ruego perdones mi ausencia. La incertidumbre sobre tu reacción actuó como un muro que no me atreví a escalar. Debes saber que ahora me hallo en Manchester, refugiada en la casa de mi madre, atendiendo asuntos familiares que requerían mi presencia. Mario se ha recuperado; su salud se restableció y ha regresado a Londres. Entre él y yo existe ahora una pausa, un paréntesis necesario para revaluar lo que queda de nosotros. No te diré que el final se ha escrito de manera definitiva, pues la mentira no cabe en esta despedida, pero los términos de nuestro futuro permanecen ocultos.

Al margen de la confusión, quiero agradecerte. Los momentos que compartimos se mantienen luminosos en mi memoria. Me ayudaste a sostener el peso de días difíciles y por ello deseo que la fortuna te sonría. Te escribo para pedirte que no te impongas límites. Posees una inmensidad para ofrecer; tu inteligencia, tu amabilidad y esa honestidad cariñosa que te define merecen encontrar un puerto seguro. Perdóname por el dolor, por el mal trance. No queda nada más en el tintero. Sé feliz, John.

PD: No volveré a interrumpir tu vida. Pero la despedida se sentía necesaria.

Atte. Stella.

Dejé la carta sobre la mesa del living. El papel parecía pesar menos de lo que la física permitía. Salí al pórtico, agradecido por el aire fresco que ahora respiraba en la más absoluta tranquilidad, y me senté en el primer escalón. Al voltear de pura inercia, vi a Dennise a través del cristal, que tomaba la carta con delicadeza. No me importó. Stella pertenecía a un capítulo que acababa de cerrarse con el sonido sordo de un libro al caer. Mi vida, comprendí mientras observaba el tráfico lento de la calle, se hallaba ante el umbral de algo distinto.

Christie no constituía una casualidad. Su presencia en Hawort, en aquel punto exacto del tiempo, respondía a una lógica que escapaba a mi comprensión pero que mi instinto aceptaba como irrefutable.

Me incorporé con una decisión repentina, una urgencia que me quemaba las plantas de los pies.

—¡Ya regreso! —le grité a Dennise.

Corrí hacia mi habitación. En la cómoda, entre facturas y borradores, mis manos revolvieron papeles hasta dar con una hoja específica. Allí descansaba un poema, palabras que habían brotado de mí en las noches de insomnio recientes. Regresé al salón donde Dennise me aguardaba, la carta de Stella ya descansaba inerte sobre la mesa.

—Disculpa, John —dijo con un tono genuino—, no tenía derecho a leerla...

—Descuida, Dennise. No albergo secretos, ni para ti ni para tu hermana. Debes saber, y supongo que tu intuición ya te lo ha gritado, que ella me interesa. Me interesa de una forma que me asusta y me eleva. Al principio se manifestó como un destello breve, lejano. Pero con el correr de los días, esa luz se ha intensificado. Reconozco el miedo; porque tu hermana se presentó ante mí como una figura inalcanzable, una mujer fuera de mi tiempo. Sin embargo, estoy dispuesto a correr el riesgo.

Lo haré porque en el interior de mis sentidos percibo un sentimiento robusto, aunque ignoro cómo lo recibirá ella.

Mi joven amiga se aproximó, con sus ojos brillando de una complicidad madura.

—John, permíteme decirte que tu conocimiento sobre las mujeres resulta escaso —dijo con un tono sensible, casi maternal—. A Chris le interesas, amigo mío. Solo que ella gusta de las tradiciones clásicas, de los rituales lentos. Espera que el hombre se aventure a surcar los mares para ir tras ella. Deberías saberlo ya; tú y ella comparten un destino. ¿O crees que todo esto ha constituido un mero accidente, que el viento sopla sobre ustedes como sobre las hojas secas? Te equivocas. Desde Hawort hasta aquí, todo ha funcionado como una orquestación silenciosa.

Recogió sus cosas y se volvió hacia mí con una sonrisa radiante.

—¿Puedes darle esto? —pedí, entregándole la hoja con el poema—. Dile, por favor, que le pertenece.

—Muy bien, galán —guardó el papel como si fuera un tesoro—. Pero solo si accedes a venir a cenar con nosotros mañana en la noche.

—¿Mañana?

—Sí. Y con gusto le daré tu mensaje.

—De acuerdo, niña. ¿A las siete resulta conveniente?

—¿Ves? Incluso conoces nuestro horario de cena.

—Lárgate ya, chiquilla —dije, riendo.

—Nos vemos mañana. ¡Y cuídate de no hacer fuerzas innecesarias!

La vi partir en su motocicleta Aprilia. Me recosté en el sillón, pensando en cómo el eje de mi mundo se había desplazado, de un modo inesperado.

La tarde siguiente me encontraba de nuevo frente a la casa de Christie. Esperaba sobre la vereda, sumido en el paso de los minutos. Escuchaba el *ris-ras* de la noche acercándose, y a los sonidos de Leeds disminuyendo su intensidad, en un ambiente tranquilo que distendía mis emociones como un bálsamo antiguo. Muy cerca de allí, el asfalto guardaba la memoria del accidente. Repasé fugazmente aquellos instantes, mi acción arrojada que ahora no me parecía heroica, sino inevitable.

La puerta de entrada se abrió y una figura avanzó hacia mí.

—Por favor, no piense en intentar algo similar en otra ocasión —escuché. La voz sonaba prudente, dulce como la miel oscura.

Volteé. Christie se hallaba de pie con sus manos relajadas a ambos lados de su cuerpo. Su presencia se imponía con una elegancia natural. Vestía un atuendo que realzaba su figura sin ostentación, y sus ojos castaños me observaban con una mezcla de reproche y alivio.

—Cielos, Christie —mi voz salió más ronca de lo habitual—. Luce usted bellísima. Se presenta como una singular perla en la noche.

—Se lo agradezco, John. Me agrada que haya venido. Dennise me comentó lo de la invitación y me pareció una oportunidad adecuada para concretar lo que se interrumpió aquella vez.

—Por supuesto. Resultará un honor compartir la mesa con usted.

—Venga —extendiendo una mano.

La aferré con suavidad. Su piel se sentía tersa, delicada. El simple hecho de tocarla se constituyó como un triunfo largamente soñado.

Me condujo con una sonrisa hacia el interior. Su vestido morado corto y sus tacones la volvían exquisita, casi etérea. Su rostro, con un maquillaje sobrio, indicaba un matiz de ensueño. Y su perfume...; pues, tuve que contenerme para no cerrar los ojos y aspirar aquel aroma que parecía prometer jardines secretos.

Al entrar, Dennise nos recibió con su abrazo habitual, en un torbellino de afecto.

—¡John! Qué placer tenerte en mi casa.

—Lo mismo digo, pequeña.

—Yo me encargo —le dijo a su hermana, robándome de su lado con una maniobra experta.

Guió mis pasos hacia un grupo de gente distribuida por el salón. La escena sugería una celebración, algo más que una simple cena.

—Wow, no tenía idea de que hubiera tanta gente —susurré.

—¿Qué dices? ¡No tienes por qué preocuparte! Es solo mi cumpleaños... ¡Ah! Austin te envía saludos, se encuentra en un viaje de negocios.

—Gracias y... Espera. ¿Has dicho tu cumpleaños? ¿Por qué no lo mencionaste? No traje nada...

—John, no te inquietes. Que estés aquí conmigo y con todos nosotros actúa como el mejor regalo. Ahora te presentaré. ¡Escuchen, por favor! —exclamó, elevando la mano en medio del recinto.

Súbitamente, me convertí en el objeto de estudio de la sala. Sin soltarme, Dennise aclaró su garganta y lanzó mi identidad al aire con la fuerza de una proclama.

—Él es John, mi amigo. Como recordarán, él salvó a todas esas personas en aquel trágico accidente días atrás. También fue quien nos ayudó a mi hermano y a mí en la carretera. Y, es el futuro prometido de mi querida y adorable hermana Christie.

El silencio que siguió se asemejó al vacío que precede a la creación o al fin del mundo. Absoluto. Sentí cómo la sangre huía de mi rostro. La oscuridad pareció cerrarse en los bordes de mi visión. Un murmullo recorrió la habitación, acompañado de sonrisas y gestos de asombro. ¿En qué clase de universo me había metido esta niña?

—Dennise, hermanita, cálmate —expresó Christie, con vulnerabilidad y pánico—. ¿Por qué has dicho eso?

—Christie, por todos los cielos. Baja la guardia, mujer. Sabes que la verdad reside en mis palabras. ¿Acaso negarás que existe un interés hacia mi amigo?

—¿Qué dices? —respondió, enarcando las cejas, en tanto un rubor débil tiñó sus mejillas.

—Ven —dijo Dennise, aferrando la mano de su hermana con la que le quedaba libre—. Papá y mamá deben conocerlo.

Fuimos arrastrados ante la realeza de la casa. La ansiedad despertaba en mi interior un deseo desesperado de huir, de correr hasta la seguridad de mi modesto hogar y yacer en la placidez de lo conocido. *Cobarde*, susurró una voz en mi cabeza.

—Papá, mamá —anunció Dennise con orgullo—. Él es John, mi amigo y...

—Dennise —intervino Christie por lo bajo, cortando cualquier nueva imprudencia.

—De acuerdo, hermana —respondió la menor con seriedad fingida—, pero tarde o temprano se hará oficial.

Absorto, sonreí a la pareja que nos observaba. El hombre, Alexandre Conner, se mostraba como un corpulento inglés de aspecto loable, sentado en un sillón de pana negra. Su sonrisa denotaba la benevolencia de un caballero antiguo.

—Soy Alexandre —dijo, extendiendo la mano—, y ella es mi esposa Alyssa. Un placer tenerlo aquí. ¿Cuál es su apellido?

—Ferrer. John Ferrer.

—Como dije, encantado. Y gracias por ayudar a mis hijas. En cuanto a su hazaña... respeto eso, sin embargo, no debería mostrarse tan atrevido con el peligro.

—Es precisamente lo que Chris le mencionó —añadió Dennise.

—Lo tendré en cuenta, señor.

—Alexandre, muchacho. Alexandre.

Su esposa, Alyssa, se distinguía como una mujer de una elegancia atemporal. Vestía un traje verde pastel y poseía rasgos anglosajones que parecían sacados de un retrato del siglo diecinueve. Su mirada gris resultaba penetrante, inteligente. Me sonrió y estrechó mi mano con una firmeza que me agradó sobremanera.

—¿Chris? —indagó Alyssa, intrigada—. ¿Qué es lo que acaba de anunciar tu hermana?

—¡No, mamá! —se adelantó Dennise—. Solo bromeaba. Una creativa broma para hacerla sonrojar.

—De acuerdo. De todos modos —dijo Alyssa dirigiéndose a Christie—, no olvides mantenernos al tanto de cualquier decisión. Sabes que te respaldaremos.

—Sí, madre —respondió Christie, con la mirada prometiendo venganza hacia su hermana.

—¡Qué va! —rio Dennise, y me arrastró de nuevo—. Ahora conocerás a mis tíos.

Un árbol genealógico más tarde, me hallaba sentado a la mesa, rodeado de una congregación de abogados, médicos y empresarios. Rezaba internamente para que nadie preguntara por mi oficio.

—¿A qué te dedicas? —indagó Alyssa. El sonido de su voz hizo girar todas las cabezas.

—En estos momentos trabajo en el Trinity Leeds —dije, buscando refugio en la seguridad de mi empleo diurno.

—Interesante, John. Tus perspectivas parecen buenas. Pero sostengo por tu conducta, y me atrevo a decirlo, que además tienes un sueño guardado. ¿Resulta verdad?

—No se equivoca, Alyssa. Soy escritor —admití, sabiendo que la verdad debía salir a la luz.

—Oh, vaya. ¿Y sobre qué escribes? —inquirió, apoyando las muñecas sobre la mesa.

—Fragmentos de novelas victorianas, fantasía, romance... He publicado algunos libros de autoayuda y psicología vía Amazon. Hasta el momento, la suerte no se ha mostrado favorable con las editoriales tradicionales.

—Me alegra que seas dedicado. A Chris también le agrada escribir sobre lo épico. A pesar de ello, John, debes saber que tu anhelo conlleva un precio exigente. Vivir de la narrativa se presenta como un desafío; a veces, el viento arranca las hojas de las manos y las arroja en otra dirección. Ser escritor puede resultar agotador.

Su tenacidad resumió la vida del autor con la maestría de quien conoce el mundo. Incliné la cabeza, aceptando su consejo como un alumno modesto.

—Mamá, lo has asustado —dijo Dennise, provocando risas leves.

—Soy dueña de una editorial exclusiva en Leeds, John —dijo Alyssa, y yo levanté el rostro, aturdido—. Y, por ende, la editora en jefe. Estaré gustosa de leer tus manuscritos.

No podía creerlo. De pronto, me encontraba frente a una oportunidad que el destino me servía en bandeja de plata. Mis fuerzas recobraron bríos; me sentí, por un instante, un elegido.

—Te lo dije, galán —susurró Dennise—. Todo estaba predestinado.

—Preciosa, no lo abrumes —dijo Alyssa.

—No, está bien. Con sinceridad, no sé qué responder, excepto agradecer la oportunidad.

—¿Dónde más pensabas estar en mi cumpleaños? —dijo Dennise.

—Tienes razón. Debía estar aquí.

La cena avanzó entre conversaciones amables. Alexandre platicó conmigo, y yo escuché sus historias con la atención de quien recopila material para futuras novelas. El ambiente se sentía libre de prejuicios, impregnado de una humildad y una inteligencia que me hicieron sentir, contra todo pronóstico, en casa.

Cuando las campanadas anunciaron las diez, el evento concluyó. Más relajado, habiendo sobrevivido al escrutinio social, me encaminé hacia la puerta acompañado por la familia.

Al llegar al umbral, noté que la lluvia había cesado. La luna llena asomaba radiante, un disco de luz blanquecina flotando en la oscuridad. Esa viajera incansable, admirada por amantes y poetas, cubría el horizonte con una guirnalda inmaculada, un refrigerio de plata sobre el mundo húmedo. Las nubes negras se retiraban hacia el oeste, vencidas.

Alexandre y Alyssa se despidieron con calidez. Dennise se sentó sobre un ligero barandal, contemplando la luna junto a Christie y a mí.

—Bueno, me iré a descansar —dijo Dennise, bostezando. Me abrazó y besó mi mejilla—. Gracias por venir. Ha sido el mejor obsequio. Deseo que no te pierdas de vista. Eres una bendición. Buenas noches y, ¡cuidado al regresar! *Ellos salen a comer de noche.* ¡Adiós!

—¿Ellos...? —balbuceé.

—Oh, no es nada —aclaró Christie—. A mi hermana le fascinan los films de alienígenas y la ciencia ficción; le agrada repetir frases de esas películas.

—¿Y a usted?

—No. Me inclino por otro tipo de género, más acorde a nuestra realidad. Sin embargo, no dejo de pensar en la vulgaridad del humor negro actual, esas proyecciones que desestiman el respeto como muestra de una rebeldía vacía.

—Si me dijera a qué se refiere, lo entendería con más claridad.

—Cierto, discúlpeme. Me refiero a los films románticos y de fantasía. Reniego de los absurdos que denigran la sensibilidad.

—Ahora entiendo, Christie. Y en verdad, opino lo mismo. Difiero de los argumentos que convierten a la mujer en fetiche de burla y de la mediocridad del lenguaje soez.

—No resulta habitual encontrar personas de nuestra edad que piensen así —dijo, sentándose en una silla hamaca en la esquina del pórtico. Me invitó a imitarla—. Atravesamos tiempos progresistas, pero ¿por qué habríamos de cambiar nuestros principios? Detesto la moda que incita a mudar de apariencia. Soy chapada a la antigua. Tal vez me he identificado demasiado con las historias del siglo diecinueve, donde el romance se manifestaba con seriedad y el deber de vivir se consideraba un don. Me agradan las buenas palabras, John, el respeto y la confidencialidad. No tolero el engaño. Soy fiel a quienes me confieren su honestidad.

—No hay concesión ni intercambio alguno en los sentimientos formulados con antelación. Todo depende de nuestra fidelidad. Sacrificamos nuestro tiempo por una parte de nuestra herencia aquí en la tierra. Si así ha de ser, ¿por qué envenenaríamos nuestras escasas horas con lodo y amargura?

—Creo, que ya hemos enumerado suficientes criterios. Ahora, mi querido señor, ¿me considera su amiga?

Me contempló de una forma inusitada, un brillo nuevo en su mirada. Sabía que debía moverme con cautela sobre este hielo delgado.

—Pues... por supuesto, Christie. Su amistad resulta importante para mí.

—¿Cómo lo es la de mi hermana?

Sus labios permanecieron impasibles.

—No, Christie. No la estimo de la misma manera que a Dennise.

—¿Cómo sería eso?

Los nervios me tomaron de la nuca. Suspiré, miré hacia la oscuridad de la calle y luego volví a enfrentarla.

—Usted me atrae, Christie. Hay un sentimiento expansivo que se ha generalizado en mi interior. Y no solo estoy convencido. Dispongo de la más cierta seguridad de lo que siento por usted.

Su mirada se volvió un indicativo puntual y severo a mi temple.

—Su poema me agradó mucho, le agradezco tan gentil obsequio. No obstante, sus apasionadas letras me sugirieron que quizás pretendía decirme algo más. Por lo cual, tomándome el atrevimiento, le hago la siguiente pregunta: ¿Qué es lo que siente por mí?

—Ay, majestuosa señora de los espacios verdes —dije, intentando una mueca graciosa para aliviar la tensión—, me ha dejado usted sin habla.

Entonces, rió. Al menos eso había logrado. Pero, reiteró la pregunta, implacable.

—¿Qué es lo que siente por mí, John? Vamos, esfuércese y dígamelo.

—Estoy enamorado de usted, Christie. No tiene importancia saber cómo sucedió, pero resulta verdad. No expondré pretextos ni me excusaré ante la evidencia.

—¿Por qué habría de hacerlo?

—Christie, me he enamorado de usted de un modo que no puede imaginarse. Al principio no lo identifiqué, pero hoy sostengo que aquella noche en Hawort, yo también, sin proponérmelo, había ido a su encuentro —miré mis manos entrelazadas—. El destino ya lo daba por declarado. Lo mío con Stella se hallaba perdido hace tiempo, aunque yo me aferraba a un fantasma. He soñado con usted, Christie, sintiendo la paz de un descubrimiento verdadero. No soy un muchacho que se guía por caprichos. Mi sentimiento se muestra fuerte. Estoy enamorado de usted.

Tras una pausa que pareció eterna, extendió su mano y la apoyó sobre las mías.

—John, mírame —dijo con suavidad—. ¿De verdad es lo que sientes por mí?

Asentí, sonriendo levemente.

—Creí en este amor como se cree por fe. Y lo curioso es que sentí miedo.

—¿Por qué?

—De ser poco para ti. De no cubrir tus expectativas. De que me faltara lo esencial.

—John... con toda franqueza, aguardaba que me dijeras que sentías algo, solo eso. No que estuvieras enamorado.

—¿Te decepcioné?

—¿Por qué habrías de hacerlo? Es más, de lo que imaginé recibir esta noche. ¿Sabes que también siento lo mismo por ti? Y permíteme decirte que tal singularidad recogida por mi alma se sintió como una tortura. No deseaba admitir ese principio. Cuando me topé contigo en Hawort, sentí una punzada, el agudo estilete del destino. Desde entonces, agradecía cada encuentro. No obstante, decidí poner a prueba tu temple, tu razón. Y la noche del accidente... lo supe. Supe que tú eras el indicado. El fuego de mi corazón subió por ti. No lo niego, también sentí miedo. Una tiene sus dudas hasta que estas se dispersan —aferró mis manos—.

Lo siento por esas expresiones duras que a veces te arrojaba. Necesitaba estar segura. Y ahora lo estoy.

La vi inmersa en los pliegues de la noche y el miedo se consumió. Sus palabras me alcanzaron como la promesa de un milagro. Allí, frente a frente, me sentí vivo, consciente de un momento de felicidad pura.

—Hazlo si quieres —musitó—. Puedes besarme.

Mi corazón dio un vuelco violento. Me acerqué con lentitud. Su perfume a rosas me embriagó, y al tocar con suavidad sus labios, sentí una sensación de gloria y grandeza simultáneas. Una marea de emociones contenidas se rompió finalmente, liberándonos.

Una marea de inexplicables sentimientos, y la dulzura de un cálido reflejo del amor más puro y genuino brotó de ese primer beso. Ardiente al siguiente, tierno, delicado, experimentando el profundo inicio de un comienzo entre dos almas viajeras.

La besé por horas, entre el silencio de las brumas y el oscilar de las nubes cubriendo la luna.

Eli Key

Don't miss out!

Visit the website below and you can sign up to receive emails whenever Eli Key publishes a new book. There's no charge and no obligation.

https://books2read.com/r/B-A-UWGEB-FOLZC

BOOKS2READ

Connecting independent readers to independent writers.

About the Author

Eli Key, de 22 años; oriunda de Gualeguaychú. Provincia de Entre Ríos, Argentina, es estudiante de marketing y trabaja como niñera para poder pagarse sus estudios. A partir de los doce años comenzó a escribir, y no fue hasta que leyó a Charlotte Brontë ya sus hermanas Anne y Emily, que comenzó a interesarse seriamente en la literatura. Después de conocer a Emily Dickinson; Richard Bach; Patrick Leigh Fermor; Megan Mayhew Bergman y Joan Didion, entre otros; se decidió a incursionar en ideas más decentes y prolijas, relativo a la narrativa y a las prolijidades de los textos. A partir de los dieciocho años, se arrojó de lleno a escribir todo cuanto pudiera salir de su pluma. Después de probar en varias plataformas digitales y de explorar los blogs, se decidió autopublicar en Draft2 Digital. Y mientras el país donde vive se debate en un mar de angustias y déficit económico; ella se esfuerza cuanto puede para depurar sus obras. *La vida no es fácil, se hace lo que se puede con lo que se tiene, pero al final de una tormenta siempre sale el sol;* es lo que dice siempre.

www.ingramcontent.com/pod-product-compliance
Lightning Source LLC
Chambersburg PA
CBHW061619130726
47996CB00003B/1049